LES CONQUÉRANTS

ŒUVRES D'ANDRÉ MALRAUX

Dans Le Livre de Poche :

LA VOIE ROYALE.
LA TENTATION DE L'OCCIDENT.

ANDRÉ MALRAUX

Les conquérants

Version définitive
POSTFACE *1949*

BERNARD GRASSET

*A LA MÉMOIRE
DE MON AMI RENÉ LATOUCHE*

PREMIÈRE PARTIE

LES APPROCHES

25 juin.

« La grève générale est décrétée à Canton. »

DEPUIS hier, ce radio est affiché, souligné en rouge. Jusqu'à l'horizon, l'océan Indien immobile, glacé, laqué — sans sillages. Le ciel plein de nuages fait peser sur nous une atmosphère de cabine de bains, nous entoure d'air saturé. Et les passagers marchent, à pas comptés, sur le pont, se gardant bien de s'éloigner trop du cadre blanc dans lequel vont être fixés les radios reçus cette nuit. Chaque jour, les nouvelles précisent le drame qui commence; il prend corps; maintenant, menace directe, il hante tous les hommes du paquebot. Jusqu'ici, l'hostilité du Gouvernement de Canton s'était manifestée par des paroles : voici que, tout à coup, les télégrammes traduisent des actes. Ce qui touche chacun, ce sont moins les émeutes, les grèves et les combats de rues, que la volonté inattendue, et qui semble tenace comme la volonté anglaise, de ne plus se payer de mots, d'atteindre l'Angleterre dans ce qui lui tient le plus au cœur : sa richesse, son prestige. L'interdiction de vendre dans les provinces soumises au Gouvernement cantonais toute marchandise d'origine anglaise, même si elle est proposée par un Chinois; la méthode avec laquelle les marchés sont maintenant, l'un après l'autre, contrôlés; le sabotage des machines par les ouvriers de Hong-Kong; enfin, cette grève générale qui, d'un coup, atteint le commerce entier de l'île anglaise, tandis que les correspondants des journaux signalent l'activité exceptionnelle des écoles militaires de Canton, tout cela met les passagers en face d'une guerre d'un mode tout nouveau, mais d'une guerre entreprise par la puissance anarchique de la Chine du Sud, secondée par des collaborateurs dont ils ne savent presque rien, contre le symbole même de la domination britannique en Asie, le roc militaire d'où l'empire fortifié surveille ses troupeaux : Hong-Kong.

Hong-Kong. L'île est là sur la carte, noire et nette, fermant comme un verrou cette Rivière des Perles sur laquelle s'étend la masse grise de

Canton, avec ses pointillés qui indiquent des faubourgs incertains, à quelques heures à peine des canons anglais. Des passagers, chaque jour, regardent sa petite tache noire comme s'ils en attendaient quelque révélation, inquiets d'abord, angoissés maintenant, et anxieux de deviner quelle sera la défense de ce lieu dont dépend leur vie — le plus riche rocher du monde.

S'il est atteint, ramené, plus ou moins tôt, au rang de petit port, si, plus simplement encore, il s'affaiblit, c'est que la Chine peut trouver les cadres qui, jusqu'ici, lui ont manqué pour lutter contre les Blancs, et la domination européenne va s'écrouler. Les marchands de coton ou de cheveux avec qui je voyage sentent cela d'une façon aiguë, et rien n'est plus singulier que de lire sur leurs visages angoissés (mais que va devenir la Maison ?) la répercussion de la lutte formidable entreprise par l'empire même du désordre, organisé tout à coup, contre le peuple qui représente, plus qu'aucun autre, la volonté, la ténacité, la force.

Un grand mouvement sur le pont. Les passagers s'empressent, se poussent, se serrent les uns contre les autres : voici la feuille des radios.

Suisse, Allemagne, Tchécoslovaquie, Autriche, passons, passons. — *Russie,* voyons. Non, rien d'intéressant. *Chine,* ah !

Moukden : Tchang-Tso-Lin...

Passons.

Canton.

Les passagers les plus éloignés, pour s'approcher, nous serrent contre la paroi.

Les cadets de l'école militaire de Whampoa, commandés par des officiers russes et formant l'arrière-garde d'une immense procession d'étudiants et d'ouvriers, ont ouvert le feu sur Shameen[1]. Les matelots européens chargés de protéger les ponts ont riposté avec des mitrailleuses. Les cadets, poussés par les officiers russes, se sont élancés plusieurs fois à l'assaut des ponts. Ils ont été repoussés avec de grosses pertes.

Les femmes et les enfants des Européens de Shameen vont être évacués sur Hong-Kong, si possible, par des bateaux américains. Le départ des troupes anglaises est imminent.

D'un coup, le silence tombe.

Les passagers s'écartent les uns des autres, consternés. A droite, cependant, deux Français se joignent : « Enfin, monsieur, on se demande vraiment quand les Gouvernements vont se décider à prendre l'attitude énergique qui... » et se dirigent vers le bar, perdant la fin de leur phrase dans les saccades assourdies des machines.

---

1. Concession européenne de Canton.

Nous ne serons pas à Hong-Kong avant dix jours.

5 heures.

Shameen. — *L'électricité ne fonctionne plus. La concession tout entière est dans la nuit. Les ponts ont été fortifiés à la hâte et coupés par des lignes de fils de fer barbelés. Ils sont éclairés par les projecteurs des canonnières.*

29 juin.
Saïgon.

Ville désolée, déserte, provinciale, aux longues avenues et aux boulevards droits où l'herbe pousse sous de vastes arbres tropicaux... Mon coolie-pousse ruisselle : la course est longue. Enfin, nous arrivons dans un quartier chinois, plein d'enseignes dorées à beaux caractères noirs, de petites banques, d'agences de toutes sortes. Devant moi, au milieu d'une large avenue couverte d'herbe, folâtre un petit chemin de fer. 37, 35, 33... halte ! Nous nous arrêtons devant une maison semblable à toutes celles de ce quartier : un « compartiment ». Agence vague. Autour de la porte sont fixées des plaques de compagnies de commerce cantonaises peu connues. A l'intérieur, derrière des guichets poussiéreux et prêts à tomber, somnolent deux employés chinois : l'un cadavérique, vêtu de blanc, l'autre obèse, couleur de terre cuite, nu jusqu'à la ceinture. Au mur, des chromos de Shanghaï : jeunes filles à la frange sagement collée sur le front, monstres, paysages. Devant moi, trois bicyclettes emmêlées. Je suis chez le président du Kuomintang de Cochinchine. Je demande en cantonais :

« Le patron est-il là ?

— Pas encore de retour, monsieur. Mais montez, installez-vous. »

Je monte au premier étage par une sorte d'échelle. Personne. Je m'assieds et, désœuvré, regarde : une armoire européenne, une table Louis-Philippe à dessus de marbre, un canapé chinois en bois noir et de magnifiques fauteuils américains, tout hérissés de manettes et de vis. Dans la glace, au-dessus de moi, un grand portrait de Sun-Yat-Sen, et une photographie, plus petite, du maître de céans. Par la baie arrive, avec un grésillement et le son de la cliquette d'un marchand de soupe, la forte odeur des graisses chinoises qui cuisent...

Un bruit de socques.

Entrent le propriétaire, deux autres Chinois et un Français, Gérard, pour qui je suis ici. Présentations. On me fait boire du thé vert, et on me charge d'assurer le Comité central « de la fidélité des sections de toute l'Indochine française aux institutions démocratiques qui, etc. ».

Gérard et moi, nous sortons enfin. Envoyé spécial du Kuomintang en Indochine, il n'est ici que depuis quelques jours. C'est un homme de petite taille, dont la moustache et la barbe grisonnent, et qui ressemble au tsar Nicolas II, dont il a le regard trouble, hésitant, et l'apparente bienveillance. Il y a en lui du professeur myope et du médecin de province; il marche à mon côté d'un pas traînant, précédé d'une cigarette fixée à l'extrémité d'un mince fume-cigarette.

Son auto, au coin de la rue, nous attend. Nous y prenons place et partons, à petite allure, à travers la campagne. L'air déplacé suffit à créer un climat nouveau; les muscles, las et tendus à la fois, se libèrent...

« Quelles nouvelles ?

— Ce que vous avez pu connaître vous-même par les journaux. Le déclenchement des ordres de grève des divers comités ouvriers semble avoir été parfait... Et les Anglais n'ont rien trouvé encore pour se défendre : l'organisation des volontaires est une plaisanterie, bonne contre l'émeute, peut-être, non contre la grève. L'interdiction d'exporter le riz garantit à Hong-Kong des vivres pour quelque temps, mais nous n'avons jamais songé à affamer la ville; pour quoi faire ? Les Chinois riches qui soutiennent les organisations contre-révolutionnaires sont assommés par cette interdiction-là comme par un coup de trique...

— Mais depuis hier ?

— Rien.

— Croyez-vous que le Gouvernement de la Cochinchine ait supprimé les radios ?

— Non. Les employés du poste de T. S. F. sont presque tous *Jeune-Annam;* nous serions prévenus. C'est Hong-Kong qui ne transmet plus. »

Un temps.

« Et les sources chinoises ?

— Les sources chinoises sont dirigées par la propagande, c'est tout dire ! Des chambres de commerce auraient demandé à leur président de déclarer la guerre à l'Angleterre, des soldats anglais de Shameen auraient été faits prisonniers par les Cantonais, des manifestations d'une importance exceptionnelle seraient en préparation... Des histoires ! Ce qui est sérieux, ce qui est certain, c'est que, pour la première fois, les Anglais de Hong-Kong voient la richesse leur échapper. Le boycottage, c'était bien. La grève, c'est mieux. De quoi la grève sera-t-elle suivie ? Dommage que nous ne sachions plus rien... Je dois recevoir quelques renseigne-

ments dans un moment. Enfin, depuis deux
jours, aucun bateau n'a pris la mer pour Hong-
Kong. Ils sont tous là, dans la rivière...

— Et ici ?

— Ça ne va pas mal, vous savez : vous pour-
rez emporter six mille dollars au moins. J'en
attends six cents autres, mais sans certitude. Et
il n'y a que quatre jours que je suis ici.

— Ils sont assez emballés, si j'en juge par
les résultats ?

— Oh ! à fond ! L'enthousiasme chinois,
c'est rare; mais cette fois, il faut le dire, ils
sont enthousiastes. Et songez que les six mille
dollars que je vais vous remettre ont été presque tous donnés par de pauvres gens : coolies,
ouvriers du port, artisans...

— Eh ! ils ont de bonnes raisons d'espérer...
L'aventure de Hong-Kong, Shameen...

— Certainement, cette guerre latente contre
l'Angleterre immobile, incapable d'agir —
l'Angleterre ! — les enivre. Mais c'est bien peu
chinois tout cela...

— En êtes-vous bien sûr ? »

Il se tait, calé dans le coin de la voiture, les
yeux à demi fermés, soit qu'il réfléchisse, soit
qu'il se laisse pénétrer par cet air frais qui nous
délasse comme un bain. Dans le bleu indécis
du soir, les rizières passent à côté de nous,
grands miroirs gris peints çà et là, en lavis

estompé, de buissons et de pagodes, et toujours dominés par les hauts pylônes du poste de T. S. F. Rentrant les lèvres et mordillant sa moustache, il répond :

« Connaissez-vous le complot de *La Monade* que les Anglais viennent de découvrir à Hong-Kong ?

— Je ne connais rien : j'arrive.

— Bon. Une société secrète : *La Monade*, remarque que la liaison entre Hong-Kong et Canton n'est plus assurée que par un petit vapeur, *Le Homan.* Ce vapeur, lorsqu'il est au port, à Hong-Kong, est gardé par un officier anglais et quelques matelots. Les délégués de la société distinguent — avec un grand bon sens — l'avantage qu'il peut y avoir à empêcher le bateau de partir pour Canton lorsqu'il est chargé des armes que les Anglais envoient aux contre-révolutionnaires.

— Aucun des nôtres, sur ce bateau ?

— Non. Et les armes sont jetées dans des barques sur quelque point désert de la Rivière des Perles. Tout à fait la contrebande du haschisch dans le canal de Suez.

« Revenons au complot. Six délégués qui savent pertinemment qu'ils risquent leur tête, tuent l'officier et les matelots, deviennent maîtres du bateau, y travaillent pendant quatre heures et sont pris par une ronde de volontaires anglais, à l'aube, au moment où ils partaient en emportant — devinez ? — l'un des deux blocs de bois de six mètres de long qui portent les yeux peints à l'avant des bateaux chinois.

— Je ne comprends pas très bien...

— Ces yeux permettent au bateau de se diriger. Borgne, il échouera.

— Oh ! oh !...

— Cela vous étonne ? Eh parbleu, moi aussi. Mais au fond...

« L'association la plus sérieuse, celle en laquelle vous avez le plus de confiance, dites-vous bien qu'elle sera prête, le moment venu, à tout lâcher, pour aller chercher un œil peint sur un morceau de bois. »

Et, voyant que je souris :

« Vous croyez que je généralise, que j'exagère. Vous verrez, vous verrez... Des faits de ce genre, Borodine et Garine vous en citeront cent...

— Vous connaissez bien Garine ?

— Mon Dieu, nous avons travaillé ensemble... Que voulez-vous que je vous dise ?... Vous connaissez son action comme directeur de la propagande ?

— A peine.

— Oh ! c'est... Non : il est difficile d'expliquer cela. Vous savez que la Chine ne connaissait pas les idées qui tendent à l'action; et elles la saisissent comme l'idée d'égalité saisissait en

France les hommes de 89 : comme une proie. Peut-être en est-il ainsi dans toute l'Asie jaune; au Japon, quand les conférenciers allemands ont commencé la prédication de Nietzsche, les étudiants fanatisés se sont jetés du haut des rochers. A Canton, c'est plus obscur, et peut-être même plus terrible. L'individualisme le plus simple était insoupçonné. Les coolies sont en train de découvrir qu'ils existent, simplement qu'ils existent... Il y a une idéologie populaire, comme il y a un art populaire, qui n'est pas une vulgarisation, mais *autre chose*... La propagande de Borodine a dit aux ouvriers et aux paysans : « Vous êtes des types épatants « parce que vous êtes ouvriers, parce que vous « êtes paysans, et que vous appartenez aux « deux plus grandes forces de l'Etat. » Cela n'a pas pris du tout. Ils ont jugé qu'on ne reconnaît pas les grandes forces de l'État à ce qu'elles reçoivent des coups et meurent de faim. Ils avaient trop l'habitude d'être méprisés en tant que paysans. Ils craignaient de voir la révolution finir et de rentrer dans ce mépris dont ils espèrent se délivrer. La propagande nationaliste, celle de Garine, ne leur a rien dit de ce genre; mais elle a agi sur eux d'une façon trouble, profonde — et imprévue — avec une extraordinaire violence, en leur donnant la possibilité de croire à leur propre dignité, à

leur importance, si vous préférez. Il faut voir
une dizaine de tireurs de pousses, avec leurs
binettes de chats narquois, leurs loques et leurs
chapeaux en paille de chaise, faire le manie-
ment d'armes comme volontaires, entourés d'une
foule respectueuse, pour soupçonner ce que
nous avons obtenu. La révolution française, la
révolution russe ont été fortes parce qu'elles
ont donné à chacun sa terre; cette révolution-ci
est en train de donner à chacun sa vie. Contre
cela, aucune puissance occidentale ne peut
agir... La haine, on veut tout expliquer par la
haine ! Comme c'est simple ! Nos volontaires
sont fanatiques pour bien des raisons, mais
d'abord parce qu'ils ont maintenant le désir
d'une vie telle qu'ils... qu'ils ne peuvent plus
que cracher sur celle qu'ils avaient, quoi ! Borodine n'a peut-être pas encore bien compris
cela...

— Ils s'entendent bien, les deux grands
manitous ?

— Borodine et Garine ? »

J'ai d'abord l'impression qu'il ne veut pas me
répondre; mais non : il réfléchit. Son visage,
ainsi, est très fin. Le soir s'étend. Au-dessus du
bruit du moteur de l'auto, on n'entend plus
que le sifflement rythmé des cigales. Les rizières
filent toujours des deux côtés de la route; sur
l'horizon, un aréquier se déplace lentement.

« Je ne crois pas, reprend-il, qu'ils s'entendent *bien*. Ils s'entendent, voilà tout. Ils se complètent. Borodine est un homme d'action, Garine...

— Garine ?

— C'est un homme capable d'action. A l'occasion. Ecoutez : vous trouverez à Canton deux sortes de gens. Ceux qui sont venus au temps de Sun, en 1921, en 1922, pour courir leur chance ou jouer leur vie, et qu'il faut bien appeler des aventuriers; pour eux, la Chine est un spectacle auquel ils sont plus ou moins liés. Ce sont des gens en qui les sentiments révolutionnaires tiennent la place que le goût de l'armée tient chez les légionnaires, des gens qui n'ont jamais pu accepter la vie sociale, qui ont beaucoup demandé à l'existence, qui auraient voulu donner un sens à leur vie, et qui, maintenant, revenus de tout cela, *servent*. Et ceux qui sont venus avec Borodine, révolutionnaires professionnels, pour qui la Chine est une matière première. Vous trouverez tous les premiers à la Propagande, presque tous les seconds à l'action ouvrière et à l'armée. Garine représente — et dirige — les premiers, qui sont moins forts mais beaucoup plus intelligents...

— Vous étiez à Canton avant l'arrivée de Borodine ?

— Oui, reprend-il en souriant. Mais croyez que je parle bien objectivement...

— Et avant ? »

Il se tait. Va-t-il me répondre que cela ne me regarde pas ? Il n'aurait pas tort... Non. Il sourit encore et, posant très légèrement sa main sur mon genou :

« Avant, j'étais professeur au lycée de Hanoï. »

Le sourire devient plus marqué, plus ironique aussi, et la main appuie.

« Mais j'ai préféré autre chose, figurez-vous... »

Il reprend aussitôt, comme s'il voulait m'empêcher de poser une nouvelle question :

« Borodine, c'est un grand homme d'affaires. Extrêmement travailleur, brave, audacieux à l'occasion, très simple, possédé par son action...

— Un grand homme d'affaires ?

— Un homme qui a besoin de penser de chaque chose : « Peut-elle être utilisée par moi, et comment ? » Borodine, c'est cela. Tous les Bolcheviks de sa génération ont été marqués par leur lutte contre les anarchistes : tous pensent qu'il faut d'abord être un homme préoccupé par le réel, par les difficultés de l'exercice du pouvoir. Et puis, il y a en lui le souvenir d'une adolescence de jeune Juif occupé à lire Marx dans une petite ville lettone, avec le mépris autour de lui et la Sibérie en perspective...

« Les cigales, les cigales.

— Quand pensez-vous avoir les renseigne-

ments auxquels vous faisiez allusion tout à
l'heure ?

— Dans quelques minutes : nous allons dîner
chez le Président de la section de Cholon, qui
est propriétaire d'une fumerie-restaurant comme celle-ci. »

Nous passons, en effet, devant des restaurants
ornés de caractères énormes et de miroirs, dans
une atmosphère où la vie n'est plus que lumière
et bruits; profusions de réflecteurs, de glaces,
de globes et d'ampoules, bruit de mahjong,
phonographes, cris des chanteuses, flûtes aiguës,
cymbales, gongs...

Voici des lumières de plus en plus serrées.
Le chauffeur change de vitesse et s'énerve,
faisant marcher sans arrêt son klaxon pour pouvoir avancer à travers une foule de toile blanche plus dense que celle de nos boulevards;
ouvriers, Chinois pauvres de toutes professions
se promènent en mangeant des confiseries et des
fruits, se dérangent à peine pour laisser passer
les autos qui jappent et grincent tandis que les
chauffeurs annamites crient des injures. Ici,
plus rien n'est français.

L'auto s'arrête devant un restaurant-fumerie,
non pas bordé de grossiers balcons de fer comme
ceux que nous venons de voir, mais moins
colonial, à l'aspect de petit hôtel particulier.
Selon l'usage, l'entrée, surmontée de deux carac-

tères, noir sur fond d'or, n'est que miroirs à
droite, à gauche, au fond et même sur la partie verticale des marches. Dans la caisse, un
Chinois obèse dont on ne voit que le torse nu
fait des comptes au boulier, masquant à demi
une pièce profonde où s'agitent dans l'ombre
des corps orangés et des mains agiles autour
d'un immense plat de langoustines nacrées et
d'une pyramide de carapaces vides, écarlates,
légères.

Au premier étage, un Chinois d'une qua-
rantaine d'années, à tête de dogue, nous accueille
(présentation) et nous fait entrer aussitôt dans
un cabinet particulier où nous attendent trois
de ses compatriotes. Costumes blancs sans tache,
cols militaires. Sur le canapé de bois noir, des
casques coloniaux. Présentations. (Naturellement, impossible d'entendre un seul nom.)
Petite table sans nappe, couverte de mets, de
petites tasses pleines de sauces; fauteuils d'osier.
La lumières des ampoules électriques pendues
au plafond en grand nombre troue la nuit
active. Une rumeur que couvrent sans cesse
les salves de pétards, le crépitement des domi-
nos, les coups de gong et, de temps à autre, le
miaulement du violon monocorde, prend possession de la pièce avec les bouffées d'air chaud
que s'efforcent de chasser les ventilateurs.

Le dogue, qui est le propriétaire et l'interprête, me dit, à voix presque basse, avec un fort accent :

« M. le Directeur de l'Hôpital français, il est venu dîner ici, cette semaine... »

Il en semble très fier, mais il est arrêté par le plus âgé de ses amis :

« Dis-leur que... »

Gérard leur fait aussitôt savoir que je comprends le cantonais; leur sympathie devient plus visible, et la conversation commence : bavardage démocratique, « droits du peuple », etc. J'ai, avec violence, l'impression que la seule force de ces gens est un sentiment trouble, que les maux qu'ils ont subis sont la seule chose dont ils aient vraiment conscience. Je songe aux sociétés des provinces sous la Convention (mais ces Chinois sont d'une grande courtoisie, qui fait un contraste assez curieux avec leur coutume de se moucher dans leur gorge). Quelle foi ils ont tous dans la parole ! Et qu'ils doivent être faibles, en face de l'action lucide et tenace des comités techniques auxquels ils envoient leurs dollars !...

Voici ce qu'ils ont appris aujourd'hui, pêle-mêle :

De toutes les villes de l'intérieur, les Anglais se réfugient d'urgence dans les concessions internationales.

Les grandes fédérations de coolies ont décidé que chacun de leurs membres verserait désormais cinq cents par jour pour venir en aide aux grévistes de Hong-Kong.

Une manifestation formidable est en préparation à Shanghaï et à Pékin pour la commémoration des violences injustes exercées par les impérialistes étrangers et l'affirmation de la liberté chinoise.

Des enrôlements volontaires en grand nombre ont lieu dans les provinces du Sud.

L'armée cantonaise vient de recevoir de Russie une quantité considérable de matériel de guerre.

Puis ceci, sagement imprimé en gros caractères :

L'arrêt de l'électricité est imminent à Hong-Kong.

Cinq attentats terroristes y ont été commis hier. Le chef de la police est grièvement blessé.

La ville serait sur le point de manquer d'eau.

Et enfin des nouvelles qui concernent la politique intérieure, presque toutes relatives à un nommé Tcheng-Daï.

Le dîner achevé, nous descendons, Gérard et moi, dans un envol de manches blanches et de salamalecs, et décidons de marcher un moment; l'air est frais; les sirènes des bateaux, non loin, sur la rivière, dominent, par instants, d'un meuglement que porte longuement l'atmosphère humide, le tintamarre des restaurants chinois.

Gérard marche à ma droite, inquiet. Il a beaucoup bu, ce soir...

« Vous êtes souffrant ?

— Non.

— Vous semblez inquiet...

— Oui ! »

A peine a-t-il répondu qu'il se rend compte de la brusquerie du ton de ses paroles, et, aussitôt, il ajoute :

« Il y a de quoi...

— Mais tous semblaient ravis ?

— Oh ! eux !...

— Et les nouvelles sont bonnes...

— Lesquelles ?

— Celles qu'ils nous ont communiquées, parbleu ! L'arrêt du fonctionnement de la Centrale d'électricité, le...

— Vous n'avez donc pas entendu ce que disait mon voisin ?

— Le mien me parlait de la révolution et de son père, j'étais bien obligé de l'écouter...

— Il disait que Tcheng-Daï va sans doute s'opposer à nous ouvertement.

— Et alors ?

— Quoi, et alors ? Ça ne vous suffit pas ?

— Ça me suffirait peut-être si je...

— Disons que c'est l'homme le plus influent de Canton.

— En quoi ?

— Je ne peux pas vous expliquer. D'ailleurs, vous entendrez parler de lui, soyez tranquille : il est le chef spirituel de toute la droite du parti. Ses ami l'appellent le Gandhi chinois. Il est vrai qu'ils ont tort.

— Précisons : que veut-il ?

— Précisons ! On voit que vous êtes jeune... Je n'en sais rien. Et lui non plus, peut-être.

— Mais en quoi vous gêne-t-il ?

— Nos rapports étaient plutôt tendus. Maintenant, il paraît qu'il se prépare à nous accuser, devant le Comité des Sept et devant l'opinion...

— De quoi ?

— Est-ce que je sais ? Ah ! parce que vous avez vu des radios merveilleux, vous croyez que tout va bien ! L'intérieur vaut l'extérieur, croyez-moi... Ce n'est pas seulement à Hong-Kong, c'est encore à Canton même qu'il faut lutter contre ces complots militaires que font naître sans cesse les Anglais, et en quoi ils mettent beaucoup d'espoir... La seule nouvelle réellement bonne que j'aie apprise aujourd'hui, c'est celle de la blessure du chef de la sûreté

anglaise. Hong a plus de talents que je ne le supposais. Hong, c'est le chef des terroristes, celui
dont les radios nous donnent de temps en temps
des nouvelles : « Deux attentats ont été commis
« hier à Hong-Kong... Trois attentats... Cinq
« attentats... » et ainsi de suite. Garine avait
en lui une grande confiance... Il a travaillé avec
nous, il a été son secrétaire. Aller chercher ce
moucheron pour en faire son secrétaire, encore
une idée, d'ailleurs ! Hong a pour lui la fièvre
de la jeunesse. Il en reviendra. Mais il faut
reconnaître qu'il est assez rigolo. La première
fois que je l'ai vu, c'était à Hong-Kong, l'année
dernière. J'apprends qu'il a décidé de tuer le
Gouverneur, avec un browning, lui qui n'était
pas capable d'envoyer à dix pas une balle dans
une porte. Il arrive chez moi à l'hôtel, balançant
ses mains trop grosses comme des arrosoirs. Un
gosse, vraiment un gosse ! « Vous êtes au courant de mon pro-jet ? » Un accent très fort, il
avait l'air de couper les mots en syllabes avec
ses mâchoires. Je lui explique que « son projet »,
comme il dit, n'est pas malin; il m'écoute,
très embêté, pendant un quart d'heure. Puis :
« Oui. Seu-le-ment ce-la ne fait rien, tant
« pis, parce que j'ai ju-ré. » Evidemment, il
n'avait plus qu'à tout démolir ! Il avait juré, sur
le sang de son doigt, dans je ne sais quelle
pagode perfectionnée... Il a été très embêté,

très. Moi, je le regardais quand même avec sympathie : les Chinois de ce genre ne sont pas communs. Enfin, au moment de partir, il secoue les épaules comme s'il avait des puces et me serre la main en disant, assez lentement, ma foi : « Quand j'au-rai é-té con-dam-né à la peine « ca-pi-ta-le, il faudra dire aux jeunes gens de « m'i-mi-ter. » Il y avait des années que je n'avais entendu dire « la peine capitale » pour « la mort ». — Il a lu des livres... — Mais sans aucune sentimentalité, comme il aurait pu dire : « Quand je serai mort, il faudra me faire inci- « nérer. »

— Et le Gouverneur ?

— Il devait le descendre pendant je ne sais quelle cérémonie, le surlendemain. Je me vois encore assis, sur mon lit, à poil et les cheveux en hérisson, par une chaleur du diable — il n'était encore que dix heures pourtant — écoutant un vacarme de klaxons, de trompes et de cris, me demandant si tout cela indiquait la fin de la cérémonie ou celle du Gouverneur... Mais Hong, suspect, avait été expulsé le matin même. Dans tout ce chahut d'autos et de coureurs, je voyais sa mâchoire débiter les mots en syllabes, et, surtout, j'entendais sa voix me dire :

« Quand j'au-rai été con-damné à la peine « capitale... »

« Je l'entends encore, d'ailleurs... Et ce n'était pas du bluff, vous savez. Il pensait vraiment, dans son étonnant vocabulaire, qu'il serait condamné à mort. Ça viendra... Un gosse...

— D'où sort-il ?

— De la misère. Je ne crois pas qu'il ait jamais connu ses parents. Il les avait avantageusement remplacés par un type qui vend maintenant, à Saïgon, des curios, des souvenirs, des choses comme ça... Tenez ! Voulez-vous boire un Pernod, un vrai Pernod ?

— Volontiers.

— Ça ne se refuse pas. Nous irons chez lui demain... Et ça vous permettra de voir un des hommes qui ont « formé » les terroristes. Ils deviennent rares... Avez-vous envie d'aller vous coucher ?

— Pas particulièrement... »

Il appelle le chauffeur, qui s'approche.

« Chez Thi-Sao. »

Nous partons. Banlieue éclairée par de rares réverbères, pans de murs noircis, arroyos où tremblent de grosses étoiles presque effacées, nuit informe trouée çà et là de taches carrées : les échoppes annamites où veillent des marchands immobiles entre des piles de bols bleus... Gérard est-il vraiment un ancien professeur ? Son caractère, son vocabulaire changent à mesure qu'il se fatigue... J'aimerais à savoir...

Nous allons très vite, et j'ai maintenant presque froid. Calé dans mon coin, les bras croisés pour me protéger, j'entends encore le verbiage démocratique du dîner, ces formules, dérisoires en Europe, recueillies ici comme les vieux vapeurs couverts de rouille; je vois encore l'enthousiasme grave qu'elles font naître chez tous les hommes, qui sont presque des vieillards... Et le comité cantonais qui dirige tout cela s'élève lentement derrière ces dépêches que Hong-Kong ne peut cacher, et qui apparaissent, une à une, comme des blessures.

1er juillet.

Hong-Kong. — Les infirmiers chinois des hôpitaux sont tous en grève.

Les bateaux de la Compagnie de Navigation de l'Indochine sont immobilisés dans le port.

De nouveaux attentats ont été commis hier.

On est sans nouvelles de la concession de Shameen.

Tristesse, ennui, énervement de ne savoir que faire dans cette ville où je suis obligé d'attendre que le bateau reparte, alors que je voudrais tant être à Canton. Gérard me rejoint à l'hôtel. Nous déjeunons de bonne heure, presque seuls

dans la salle; il me conte, moins confusément
qu'hier, l'histoire de ce Hong qui fait exécuter
actuellement, les uns après les autres, les chefs
des services anglais, et de l'homme que nous
allons voir cet après-midi, l'homme dont le
hasard fit, dit Gérard, « l'accoucheur de Hong ».
Il s'appelle Rebecci; c'est un Génois qui a
traversé la révolution chinoise avec une tran-
quillité de somnambule. Quand il arriva en
Chine, voici des années, il ouvrit un magasin
à Shameen; mais les Européens riches lui ins-
piraient tant d'antipathie qu'il l'abandonna et
s'établit à Canton même, où Gérard et Garine
le connurent en 1920. Il vendait aux Chinois la
pacotille des bazars d'Europe et, surtout, possédait de petits automates : oiseaux chanteurs,
ballerines, chat-botté, qu'une pièce de monnaie
mettait en mouvement, et dont il vivait. Il parlait couramment le cantonais et avait épousé
une indigène assez belle, devenue grasse. Il
avait été, vers 1895, anarchiste militant; il n'aimait pas parler de cette partie de sa vie, dont
il se souvenait avec fierté mais avec tristesse, et
qu'il regrettait d'autant plus qu'il savait combien il était devenu faible :

« Qu'est-ce qué vous voulez, tout ça, c'est
des choses passées... »

Gérard et Garine allaient parfois le voir vers
sept heures; sa grande enseigne lumineuse

commençait à s'allumer; des gamins à houppe
la regardaient, assis en rond par terre. Des
taches de jour s'accrochaient aux paillons et aux
soiries des poupées; un bruit de casseroles
remuées venait de la cuisine. Rebecci, étendu
sur une chaise longue d'osier au milieu de son
étroit magasin, rêvait à des tournées dans l'intérieur de la province, avec des automates neufs
et nombreux. Les Chinois feraient queue devant
la porte de sa tente; il reviendrait riche : il
pourrait acheter une vaste salle dans laquelle
le public trouverait des punching-balls, des
nègres au ventre de velours rouge, des fusils
électriques, des bascules, toutes sortes d'appareils à sous, et peut-être un bowling.... Quand
Garine arrivait, il sortait de sa rêverie comme
d'un bain, en se secouant, lui tendait la main
et lui parlait de magie. C'était son dada. Non
qu'il fût, à proprement parler, superstitieux;
mais il était curieux. Rien ne prouvant la
présence des démons sur la terre, et particulièrement à Canton, mais rien non plus ne prouvant leur absence, il convenait de les invoquer.
Et il en invoquait beaucoup, observant les rites,
depuis ceux dont il trouvait les noms dans un
Grand Albert incomplet jusqu'à ceux que
connaissaient intimement les mendiants et les
servantes. Il trouvait peu de démons, mais
beaucoup d'indications dont il tirait profit pour

étonner ses clients ou les guérir, à l'occasion, de maladies bénignes. A peine fumait-il l'opium, souvent, à l'heure de la sieste, on voyait déambuler sa silhouette blanche : casque plat, torse étroit, vastes pantalons que des pinces de cycliste transformaient en pantalon de zouave, et les pieds en dehors de Charlot; car il aimait à sortir accompagné d'un vélo qu'il tirait plus qu'il ne l'employait, un vélo ancien, mais toujours soigneusement graissé.

Il vivait entouré de petites filles qu'il avait recueillies, servantes dont le principal travail était d'écouter des histoires, et que surveillait avec soin son épouse chinoise qui n'ignorait pas qu'il eût été curieux de tenter avec elles quelques expériences. Hanté par un érotisme de colonial, il ne quittait *Les Clavicules de Salomon* que pour lire ou relire *Le Règne du Fouet, Esclave,* ou quelque autre livre français du même genre. Puis il se laissait aller à de longues rêveries, dont il sortait, craintif et alléché, avec un sourire d'enfant peureux. « Monsieur Garine, qué vous pensez qu'il y a des choses sales en amour ? — Non, mon vieux, pourquoi ? — Perqué, perqué... ça m'intéresse... » La bibliothèque était complétée par une édition des *Misérables* et par quelques brochures de Jean Grave, qu'il conservait, mais n'admirait plus.

En 1918, il s'était pris de sympathie pour Hong qu'il avait distingué parmi les jeunes Chinois qui venaient l'écouter. Il avait vite abandonné les histoires de fantômes et lui avait enseigné le français (il ne possédait plus aucun texte italien, et savait à peine l'anglais). Quand Hong sut parler, il apprit à lire; puis il apprit presque seul l'anglais qu'il ne savait guère, et lut tout ce qu'il put trouver — peu de chose. L'enseignement que donnent les livres fut remplacé pour lui par l'expérience de Rebecci. Une amitié profonde les liait, qui ne se manifestait jamais et qu'eussent difficilement permis de deviner la brusquerie de Hong et l'ironie timide et maladroite du Génois. Hong, habitué à la misère, avait rapidement compris la valeur du caractère de son vieux camarade qui ne faisait pas l'aumône, mais emmenait les mendiants « prendre un verre » (jusqu'au jour où, furieux de voir sa boutique luisante envahie par un groupe de faméliques, alors précisément qu'il n'avait pas un sou, il les mettait tous dehors à coups de pied) et qui, lorsque son frère avait été envoyé à Biribi, avait tout quitté pour s'installer près du bagne, afin de trouver les « combines » susceptibles de rendre son existence moins douloureuse et de pouvoir, de temps à autre, en allant le voir, l'embrasser sur la bouche pour lui glisser un louis d'or. Rebecci, lui, avait été touché par cet adolescent qui éclatait d'un rire de nègre quand il lui contait des histoires, mais en qui il sentait un rare courage, une fermeté singulière à l'égard de la mort, et, surtout, un fanatisme qui l'intriguait. « Toi, si tu n'es pas toué trop petit, tu feras des bonnes choses... »

Hong lut Jean Grave; et, dès qu'il eut terminé, il demanda à Rebecci ce qu'il en pensait.

Rebecci réfléchit avant de parler — ce qui lui arrivait rarement — et dit :

« Faut qué jé réfléchisse, perqué, tu comprends, mon petit, Jean Grave, pour moi, il est pas un bonhomme, il est ma jeunesse... On rêvait des choses, maintenant on fait marcher des oiseaux mécaniques... C'était un temps mieux qué céloui-ci; mais nous n'avions tout dé même pas raison. Ça t'étonne qué jé té dise ça, hé ? Non, nous n'avions pas raison. Perqué... écouté-moi biein : quand on a ouné vie seulement, on ne cherche pas à changer l'état social... Cé qué difficile, c'est dé savoir cé qué l'on veut. Voilà : qué si tu fous une bombe dessus le magistrat, comprends-tu, il en crève, et c'est biein. Mais qué si tu fais un journal pour qué la doctrine elle soit connue, tout le monde il s'en fout... »

Sa vie était manquée. Il ne savait trop en quoi, mais elle était manquée. Il ne pouvait

retourner en Europe : il était maintenant incapable d'un travail manuel, et il ne voulait pas
en accepter un autre. Et, à Canton, il s'en-
nuyait, bien qu'en somme... S'ennuyait-il ou se
reprochait-il d'avoir accepté une vie peu digne
des espoirs de sa jeunesse ? Mais n'était-ce pas le
reproche d'un imbécile ? On lui avait proposé
la direction d'un service de la police de Sun-
Yat-Sen; ses sentiments d'anarchiste étaient trop
forts encore, et il se savait incapable de faire
dénoncer ou surveiller un homme. Plus tard,
Garine lui avait proposé de travailler avec lui :
« Non, non, monsieur Garine, vous êtes bien
gentil, mais, vous savez, jé crois qué maintenant, c'est trop tard... » Peut-être avait-il eu
tort ?... En somme, il était, sinon content, du
moins tranquille entre ses démons, ses livres
de magnétisme, sa Chinoise, Hong et ses appareils automatiques...

Hong médita le jugement confus que Rebecci portait sur sa vie. La seule chose que
l'Occident lui eût enseignée avec assez de force
pour qu'il fût impossible de s'en délivrer, c'était
le caractère unique de la vie. Une seule vie,
une seule vie... Il n'en avait point conçu la
crainte de la mort (il n'est jamais parvenu à
comprendre pleinement ce qu'est la mort;
même aujourd'hui, mourir n'est pas pour lui
mourir, mais souffrir à l'extrême d'une blessure

très grave), mais la crainte profonde et constante de gâcher cette vie qui était la sienne et dont il ne pourrait jamais rien effacer.

C'est dans cet état d'incertitude qu'il devint l'un des secrétaires de Garine. Garine l'avait choisi pour l'influence que son courage lui donnait déjà sur un groupe assez nombreux de jeunes Chinois qui constituaient l'extrême gauche du parti. Hong était séduit par Garine, mais il rapportait le soir à Rebecci, non sans quelque méfiance, ses propos et ses ordres. Le vieux Génois, allongé sur sa chaise longue et occupé à faire tourner un moulin à vent de papier ou à contempler une de ces boules chinoises emplies d'eau dans lesquelles on voit des jardins fantastiques, posait l'objet, croisait ses mains sur son maigre ventre, haussait les sourcils avec perplexité et finissait par répondre : « Eh bé, peut-être biein qu'il a raison, le Garine, peut-être biein qu'il a raison... »

Enfin, les troubles devenant de plus en plus fréquents et Rebecci de plus en plus pauvre, il avait accepté un poste au Service des renseignements généraux, après avoir spécifié qu'il était bien entendu qu'il « n'aurait à moucharder personne » ! Et Garine l'avait envoyé à Saïgon, où il était utile.

Nous avons fini de déjeuner et nous marchons déjà, le dos courbé sous la chaleur, lorsque Gérard se tait. C'est l'heure à laquelle on trouve Rebecci.

Nous entrons dans un petit bazar : cartes postales, bouddhas, cigarettes, cuivres d'Annam, dessins du Cambodge, sampots, coussins de soie brodés de dragons; accrochées au mur jusqu'au plafond, hors de la lumière du soleil, des choses vagues en fer. Dans la caisse, une grasse Chinoise dort.

« Le patron est là ?

— Nan, missieu.

— Où ?

— Sais pas.

— Bistrot ?

— Pit-êt' bistrot Nam-Long ! »

Nous traversons la rue : « bistrot Nam-Long », c'est en face. Café silencieux; au plafond, les petits lézards beige font la sieste. Deux domestiques, portant des pipes à opium et des cubes de porcelaine sur lesquels les fumeurs posent leurs têtes, se croisent dans l'escalier; devant nous, les boys dorment, nus jusqu'à la ceinture, les cheveux dans le bras replié. Etendu, seul sur le banc de bois noir, un homme regarde devant lui, balançant doucement la tête. Lorsqu'il voit Gérard, il se lève. Je suis un peu étonné : j'attendais un personnage garibaldien, c'est un petit homme sec, aux

doigts noueux, aux cheveux plats déjà grison-
nants coupés en rond, à tête de Guignol...

« Voici un homme qui n'a pas bu de Pernod depuis des années, dit Gérard, me montrant
du doigt.

— Bon, répond Rebecci. Qué ça va. »

Il sort. Nous le suivons. « Garine l'avait
surnommé Gnafron », murmure Gérard à mon
oreille pendant que nous traversons la rue.

Nous entrons dans son magasin et montons
au premier étage. La Chinoise a levé la tête,
nous a regardés passer et s'est rendormie. La
chambre est vaste. Au centre, un lit dans sa
moustiquaire; le long des murs, quantité d'objets sous une toile à ramages. Rebecci nous
quitte. Nous entendons une serrure qui grince,
un coffre qu'on referme brusquement, l'eau qui
jaillit d'un robinet et bouillonne dans un verre.
« Je descends une minute, dit Gérard. Il faut
que j'aille dire quelques mots à sa Chinoise,
si elle ne dort pas trop : ça lui fait plaisir. »

La minute est longue. Rebecci revient le premier, portant sur un plateau une bouteille, du
sucre, de l'eau et trois verres — toujours silencieux. Il s'assied et prépare lui-même les trois
Pernod, sans parler. Après un moment :

« Eh bé ! qué j'ai pris la retraite, vous voyez...

— Rebecci, crie Gérard, qui monte enfin
l'escalier, lissant sa barbe, le camarade attend

de toi des histoires qui concernent ton fils spirituel ! Ah ! je suis resté longtemps : j'ai eu l'impression que nous étions filés. Non. »

Il n'a pas vu combien l'expression du visage de Rebecci a changé lorsqu'il a parlé de Hong.

« Toi, si jé té connaissais pas comme jé té connais, tu aurais déjà ma main dessus la gueule... Plaiseinte pas avé ça !

— Qu'est-ce qui te prend ?

— Tu trouves qué c'est le jour, alorss ?

— Quel jour ? »

Rebecci hausse les épaules, excédé.

« T'es pas allé chez le Présideint, ce matin, pour le banquet ?

— Non.

— Mais qu'est-ce qué tu fous ?

— Nous avons rendez-vous à cinq heures

— Ah ! c'est ça, donc... Qué tu devrais bien lui demander des nouvelles de Hong, à lui. Il té dirait qué Hong il est entre leurs pattes.

— Des Anglais ? Des Blancs ? Depuis quand ?

— Hier soir, qu'il dit. Deux heures après l'émission des radios, peut-être... »

De sa cuiller, il frappe son verre à petits coups, puis boit d'un trait :

« Un autre jour, qué jé né dis pas non... Et le Pernod, il est là, pour les copains... »

2 juillet.
Descente de la Rivière.

Il semblait que l'angoisse dût grandir, à mesure que nous approchions du but. Pas du tout :
le paquebot est dominé par la torpeur. Heure
par heure, tandis que, les mains couvertes de
gouttes de sueur, nous longeons dans la buée
dense les berges plates de la rivière, Hong-Kong
devient plus réelle, cesse d'être un nom, un lieu
quelque part en mer, un décor de pierre; chacun sent la vie pénétrer. Plus d'angoisse véritable : un état trouble, dans lequel se mêlent
l'énervante régularité de la marche du navire
et la conscience, pour chacun, d'éprouver ses
derniers instants de liberté : les corps ne sont
pas encore engagés, l'inquiétude n'a qu'un
objet abstrait. Minutes bizarres, pendant lesquelles les vieilles puissances animales prennent
possession de tout le bateau. Hébétude presque
heureuse, nonchalance énervée. Ne pas voir
encore, connaître seulement les nouvelles, n'être
pas encore *envahi...*

5 juillet.
5 *heures.*

La grève générale est déclarée à Hong-Kong.

5 heures ½.

Le Gouvernement proclame l'état de siège.

9 heures.
En rade de Hong-Kong.

Nous venons de dépasser le phare. Les tenta-
tives de sommeil ont été abandonnées; hommes
et femmes sont sur le pont. Limonades, whiskys-
soda. Au ras de l'eau, des lignes d'ampoules
électriques dessinent en pointillé lumineux le
contour des restaurants chinois. Au-dessus, la
masse du rocher fameux, puissante, d'un noir
compact à la base, monte en se dégradant dans
le ciel et finit par arrondir, au milieu des
étoiles, sa double bosse asiatique entourée d'une
brume légère. Ce n'est pas une silhouette, une
surface de papier découpé, mais une chose solide et profonde comme une matière vraie,
comme une terre noire. Une ligne de globes
(une route ?) ceint la plus haute des deux bosses,
le Pic, comme un collier. Des maisons, on ne
voit qu'un semis de lumières incroyablement
serrées presque mêlées au-dessus du profil trem-
blant des restaurants chinois, et qui se désagrège, comme le noir du roc, à mesure qu'il
s'élève, pour aller se perdre là-haut dans les
étoiles éclatantes et lourdes. Dans la baie, très

nombreux, des grands paquebots dorment, illu-
minés, avec leurs étages de hublots, dont les reflets en zigzag se mêlent dans l'eau encore
chaude à ceux de la ville. Toutes ces lumières
dans la mer et dans le ciel de Chine ne font pas
songer à la force des Blancs qui les ont créées,
mais à un spectacle polynésien, à l'une de ces
fêtes dans lesquelles les dieux peints sont hono-
rés par de grandes libérations de lucioles lancées dans la nuit des îles, comme des graines...

Vertical, un écran confus passe devant nous,
cachant tout, sans autre son que celui d'une
guitare monocorde : voile de jonque. L'air est
tiède — et si calme !...

Le paysage de points lumineux, soudain,
cesse d'avancer vers nous. Halte. Les ancres
plongent avec un fracas assourdissant de fer-
railles remuées. Demain matin, à sept heures,
la police viendra à bord. Défense de descendre
à terre.

Le matin.

Des matelots du paquebot portent nos bagages dans la chaloupe de la Compagnie. Aucun
coolie n'est venu proposer ses services. Nous
filons au ras de la mer, à peine secoués par cette
eau épaisse de lagune. Soudain, au moment où
nous doublons un petit cap hérissé de chemi-
nées et de signaux, le quartier des affaires se

montre : de hauts édifices en profil le long du quai, une ligne de Hambourg ou de Londres écrasée par un cône de végétation intense et un ciel sur lequel l'air transparent tremble comme s'il sortait d'un four. La chaloupe accoste au débarcadère de la gare, d'où le chemin de fer, naguère, partait pour Canton.

Toujours pas de coolies. La Compagnie a prié les grands hôtels européens d'envoyer des hommes, dit-on... Personne. Les passagers hissent leurs malles à grands efforts, aidés par les matelots.

Voici la rue principale. Limite du roc et de la mer, la ville, édifiée sur l'une, accrochée à l'autre, est un croissant dans lequel cette rue, coupée perpendiculairement par toutes les rampes qui joignent le quai au Pic, dessine en creux une grande palme. Toute l'activité de l'île, d'ordinaire, s'y concentre. Aujourd'hui, elle est déserte et silencieuse. De loin en loin, unis et méfiants, deux volontaires anglais vêtus en boy-scouts se rendent au marché pour y distribuer les légumes ou la viande. Des socques sonnent dans l'éloignement. Aucune femme blanche. Pas d'automobiles.

Voici des magasins chinois : bijouteries, marchands de jades, commerces de luxe; je rencontre moins de maisons anglaises; et, la rue décrivant brusquement un coude, je cesse d'en voir. Ce coude est double et la rue semble fermée comme une cour. Partout, à tous les étages, des caractères : noirs, rouges, dorés, peints sur des tablettes verticales ou fixés au-dessus des portes, énormes ou minuscules, fixés à hauteur des yeux ou suspendus là-haut, sur le rectangle du ciel, ils m'entourent comme un vol d'insectes. Au fond de grands trous sombres limités par trois murs, les marchands aux longues blouses, assis sur un comptoir, regardent la rue. Dès que je parais, ils tournent leurs petits yeux vers des objets pendus au plafond depuis des millénaires : seiches tapées, calmars, poissons, saucisses noires, canards laqués couleur de jambon, ou vers les sacs de grains et les caisses d'œufs enrobés de terre noire posés sur le sol. Des rayons de soleil denses, minces, pleins d'une poussière fauve, tombent sur eux. Si, après les avoir dépassés, je me retourne, je rencontre leur regard qui me suit, pesant, haineux.

Devant les banques chinoises surmontées d'enseignes dorées, et fermées, comme des prisons ou des boucheries, par des grilles, des soldats anglais montent la garde ; j'entends parfois le choc des crosses de leurs carabines sur l'asphalte. Symbole inutile : la ténacité des Anglais, qui a su conquérir cette ville sur le roc et sur la Chine, maison par maison, est sans force contre la passivité hostile de trois cent mille Chinois décidés à n'être plus des vaincus. Armes vaines... Ce n'est pas seulement la richesse, c'est le combat qui échappe à l'Angleterre.

*

Quatre heures. Sieste fiévreuse due au ventilateur qui tourne à peine, car la marche de l'usine électrique n'est assurée que partiellement. Il fait encore extrêmement chaud et, dans les rues, de l'asphalte brillant et qui reflète le ciel bleu, une chaleur plus forte que celle de l'atmosphère monte avec la poussière. Le sousdélégué du Kuomintang doit me remettre des documents. Le délégué principal, un Balte, vient d'être expulsé. Peut-être verrai-je l'organisateur européen de la grève, l'Allemand Klein.

Je sais seulement de ce sous-délégué qu'il se nomme Meunier, fut jadis ouvrier mécanicien à Paris, et sergent mitrailleur pendant la guerre. Son aspect, sur le seuil de sa maison coloniale très simple, au bas du Pic, me surprend : je le supposais assez âgé : il ne semble pas avoir plus de trente-cinq ans. C'est un grand garçon rasé, solide, à qui une lèvre supérieure très rapprochée d'un nez fin, des petits yeux vifs et des mèches folles composent vaguement une tête de lapin facétieux; cordial, loquace, visiblement heureux de parler français, enfoncé dans son fauteuil de rotin, devant deux hauts verres de menthe fraîche couverts de buée... Après dix minutes, il est lancé :

« Ah ! mon vieux, ça, alors, c'est un beau spectacle : le dogue de la maison Old England, le seul vrai, Hong-Kong soi-même, il pourrit sur pied, il est bouffé aux vers ! Tu as vu les rues, hein, puisque tu es arrivé ce matin ? C'est pas laid ! C'est même joli. Mais c'est rien, mon vieux, c'est rien, je te dis ! Faut voir ça du dedans pour que ça soit tout à fait beau.

— Et que voit-on, du dedans ?

— Ben, des tas de trucs. Des prix, par exemple. Les maisons qui valaient cinq mille dollars l'année dernière, quand on veut les vendre, on en demande quinze cents.

« La Sûreté raconte des tas de blagues. C'est comme quand ils ont fait répandre le bruit qu'ils avaient chipé Hong. Ah ! là, là !

— C'était faux ?

— Et comment !

— Mais tout le monde, à Saïgon, croyait...

— Oh ! les bobards, c'est pas ça qui manque. Hong est à Canton, bien tranquille.

— Tu connais Borodine ?

— J'imagine Clemenceau comme ça, quand il avait quarante ou quarante-cinq ans. Beaucoup d'expérience. La seule chose qu'on puisse lui reprocher, c'est d'aimer un peu trop les Russes.

— Garine ?

— Ces temps derniers, il a fait une chose épatante : il a transformé les grévistes de Canton (qui vivent des allocations que Borodine et lui sont parvenus à leur faire verser par le Gouvernement) en agents actifs de propagande. Une armée !... Mais il commence à avoir une gueule de cadavre, Garine ! Paludisme, dysenterie, est-ce que je sais ?

« Encore de la menthe, hein ? On n'est pas mal dans un fauteuil, à cette heure-ci... Ah ! tiens, prends les papelards; comme ça, tu seras sûr de ne pas les oublier. Une bonne idée qu'ils ont eue, les Anglais, de faire assurer le service de Hong-Kong-Canton par un équipage de la flotte de guerre ! Klein va s'amener tout à l'heure : vous partez ensemble. Il ne devait partir que dans quelques jours, mais il est repéré, et il faut qu'il file en vitesse, si j'en crois les tuyaux de la Sûreté. Moi-même, j'en ai sans doute plus pour longtemps...

— Tu es certain que je ne serai pas fouillé ce soir, au départ ?

— Pas de raison : tu es en transit, et ils savent que tes papiers sont en règle. Ils savent aussi que fouiller et rien, c'est la même chose.

Prends toujours tes précautions, bien entendu. Pour avoir des résultats, il faudrait qu'ils te coffrent, et, de ce côté-là, pas encore de danger. Expulsion, au plus.

— C'est curieux...

— Non, c'est simple, ils préfèrent l'*Intelligence Service* et, au besoin, les interventions en douce. Et ils ont raison. Enfin, leur situation est très spéciale : légalement, ils ne sont pas en guerre avec Canton.

« Ils pourraient essayer maintenant de trouver quelque chose, mais ils ne tiennent pas tellement à vous conserver, Klein et toi : ils vous trouvent plutôt moches...

« Dis donc, tu ne le connais pas, Klein ? Non, puisque tu arrives... »

Le ton dont cette phrase est dite est tel que je demande :

« Qu'est-ce que tu lui reproches ?

— Il est un peu drôle... Mais, comme professionnel, il est vraiment bon. Je viens de le voir travailler, eh ben, tu peux me croire : il sait ce que c'est que des déclenchements successifs de grèves !

« A propos de boulot, je voulais te dire, tout à l'heure, que l'un des moments où Garine s'est montré réellement à la hauteur, c'est quand il a organisé l'école des Cadets. Là, il n'y a pas à rigoler. J'admire. Faire un soldat avec un Chi-

nois, ça n'a jamais été facile. Avec un Chinois
riche, encore moins. Il est arrivé à recruter un
millier d'hommes, de quoi former les cadres
d'une petite armée. Dans un an, ils seront dix
fois plus et, alors, je ne vois pas bien quelle
armée chinoise on pourra leur opposer... Celle
de Tchang-Tso-Lin, peut-être... Pas très sûr.
Quant aux Anglais, s'ils veulent jouer au corps
expéditionnaire (à supposer que les camarades
de là-bas soient assez moules pour les laisser
partir), on pourra s'amuser... Les réunir, les
cadets, ce n'était rien : il leur a donné des
titres, des insignes, il les a fait respecter... Enfin,
ça pouvait se faire. Mais il leur a fait connaître
l'existence du vice peu connu en Chine qui
s'appelle le courage. Je m'incline : moi, je n'y
serais certainement pas arrivé. Je sais bien qu'il
a été beaucoup aidé par Gallen et surtout par
le commandant de l'école, Tchang Kaï-chek.
C'est lui, Tchang, qui a recruté, avec Garine,
les premiers cadres sérieux. Il a fait ça, tiens !
comme les Anglais ont fait cette ville-ci :
homme à homme, courage à courage, en sollicitant, en exigeant, en faisant agir. Et ça ne
devait pas être rigolo... Aller trouver des ma-
gots à l'ongle du petit doigt long comme ça,
pour arriver à leur extirper leurs mômes... Je
vois ça d'ici !... Ce qui l'a aidé, ç'a été l'envoi, à Whampoa, d'un fils de l'ancien vice-roi.

Puis, sa propre famille, je crois... Enfin, c'est très bien. Et mettre dans la tête des gens que les cadets ne sont pas des soldats, mais les serviteurs de la Révolution, c'est aussi très bien. Le 25, on a vu les résultats à Shameen.

— Pas si brillants...

— Parce qu'ils n'ont pas pris Shameen ? Penses-tu qu'ils voulaient la prendre ?

— Tu as des renseignements sérieux là-dessus ?

— Tu en auras là-bas. Je crois que cela visait surtout Tcheng-Daï. Celui-là, il doit être de plus en plus nécessaire de le mettre en face d'un fait accompli. Enfin, c'est à voir. Ce qui est tout vu, c'est que lorsque les mitrailleuses ont commencé à tirer sur les nôtres, la foule a foutu le camp, comme d'habitude, mais une cinquantaine de types se sont jetés dessus : des cadets. On les a retrouvés à trente mètres des mitrailleuses — par terre, comme de juste. J'ai une vague idée que quelque chose a changé en Chine, ce jour-là.

— Pourquoi l'attaque de Shameen aurait-elle été dirigée contre Tcheng-Daï ?

— J'ai dit : peut-être. J'ai l'impression que nous ne sommes plus très bien ensemble, et je me méfie singulièrement de son ami le Gouverneur Wou-Hon-Min.

— Gérard était déjà inquiet...

« Est-ce que sa popularité est toujours aussi grande ?

— Il paraît qu'elle a beaucoup diminué ces derniers temps...

— Mais quelle est sa fonction ?

— Il n'a pas de fonction dans l'Etat. Mais il est le chef du tas de sociétés secrètes qui forment le plus clair de la droite du Kuomintang. Mon vieux, quand Gandhi, qui n'avait pas de fonction, a ordonné le Hartal, dit aux Hindous de faire grève, quoi, la première fois, ils ont tous quitté leur travail malgré l'arrivée du prince de Galles, et le prince a traversé Calcutta comme si c'était l'école des sourds-muets. Beaucoup d'Hindous, après, ont perdu leur travail et sont plus ou moins morts de faim, forcément. Mais quand même. Ici, les forces morales, c'est aussi vrai, aussi sûr que cette table ou ce fauteuil...

— Mais Gandhi est un saint.

— C'est possible : ils n'en savent rien. Gandhi est un mythe, voilà la vérité. Tcheng-Daï aussi. Il ne faut pas chercher des gens comme ça en Europe...

— Et le gouvernement ?

— De Canton ?

— Oui.

— Une espèce de fléau de balance qui oscille,

en s'efforçant de ne pas tomber de Garine et Borodine, qui tiennent police et syndicats, à Tcheng-Daï, qui ne tient rien, mais n'en existe pas moins... L'anarchie, mon vieux, c'est quand le Gouvernement est faible, ce n'est pas quand il n'y a pas de Gouvernement. D'abord, il y a toujours un Gouvernement; quand ça ne va pas, il y en a plusieurs, voilà tout. Celui-ci, de gouvernement, Garine veut l'engager jusqu'au cou : il veut lui faire promulguer son sacré décret. Sûr que ça leur fout la trouille, aux Anglais ! Hong-Kong sans bateau pour y faire escale, Hong-Kong interdit aux bateaux qui vont en Chine, c'est un port foutu, crevé ! Pense : quand il en a été question, ils ont aussitôt demandé l'intervention militaire, ici. Alors !... S'il y arrive, il sera malin, Garine. Mais c'est calé... c'est calé...

— Pourquoi ?

— Ben... difficile à dire. Le Gouvernement, tu comprends, voudrait bien exister à côté de nous, même au-dessus si possible; il a peur de se faire bouffer, s'il nous suit trop loin, soit par les Anglais, soit par nous. Si l'on ne se battait que contre Hong-Kong; mais l'intérieur ! L'inté-rieur ! C'est par là qu'ils espèrent nous avoir... Il faut voir ça de près... »

Nous buvons nos grands verres de menthe dans un silence rare sous les tropiques et que ne trouble pas même le ventilateur arrêté. Silence sans cris chantants de marchands ambulants, sans pétards chinois, sans oiseaux, sans cigales. Un vent très léger venu de la baie incline mollement les nattes tendues au travers des fenêtres, découvre un triangle de mur blanc couvert de lézards endormis, et apporte l'odeur de la route dont le goudron cuit; parfois, seul, l'appel d'une sirène lointaine, solitaire et comme étouffé, monte de la mer...

Vers cinq heures, visiblement las, Klein arrive et se laisse aussitôt tomber d'un coup, les mains sur les genoux, dans un fauteuil dont le rotin grince sous son poids. Il est grand, large d'épaules, et son visage très particulier me surprend : on rencontre parfois ce type en Angleterre, mais rarement en Allemagne. Dans ces yeux clairs surmontés de sourcils touffus, ce nez écrasé et cette barre formidable de la bouche tombante, prolongée par des rides profondes qui, du nez, rejoignent le menton, dans ce large visage plat, dans ce cou massif, il y a du boxeur, du dogue et du boucher. Sa peau, en Europe, était sans doute très rouge, car ses joues portent des petits signes de couperose; ici, elle est brune, comme celle de tous les Européens. Il s'exprime d'abord en français, avec un fort accent de l'Allemagne du Nord

qui donne à sa voix un peu enrouée un ton
chantant, presque belge; mais, très fatigué, il
s'exprime avec beaucoup de peine et prend
bientôt le parti de parler allemand. Meunier,
de temps à autre, résume en français leur
conversation :

La grève générale de Canton, destinée à affer-
mir le pouvoir des chefs de la gauche, à affaiblir
la puissance des modérés et, en même temps,
à atteindre, à Canton même, chez les riches marchands opposés au Kuomintang et qui font du
commerce avec les Anglais, la source principale
de la richesse de Hong-Kong, dure depuis
quinze jours déjà; Borodine et Garine sont obligés de faire vivre près de cinquante mille
hommes sur les fonds de grève, c'est-à-dire sur
les impôts levés à Canton et les fonds envoyés par
les innombrables Chinois révolutionnaires des
« colonies ». L'ordre de grève générale à Hong-
Kong, faisant cesser le travail de plus de cent
mille ouvriers, oblige le Gouvernement cantonais à allouer un salaire de grève à un tel nombre de travailleurs que les fonds destinés à ces
salaires seront épuisés dans quelques jours;
déjà les allocations ne sont plus données aux
manœuvres. Or, dans cette ville où la police
secrète anglaise a été jusqu'ici impuissante à
détruire les organisations cantonaises, la police
des rues, assurée par les volontaires armés de

mitrailleuses, est trop forte pour permettre le triomphe d'une émeute. Les mouvements de violence qui ont eu lieu ces jours derniers ont été limités à des bagarres. Les ouvriers devront donc reprendre le travail — ce qu'attendent les Anglais.

Garine, qui est actuellement chargé de la direction générale de la propagande, n'ignore pas plus que Borodine à quel point le moment est critique, à quel point cette grève colossale, malgré sa puissance qui frappe de stupéfaction tous les Blancs d'Extrême-Orient, est menacée d'écroulement. Tous deux ne peuvent agir qu'à titre de conseillers, et ils se trouvent en face de l'opposition formelle du Comité souverain à décréter les mesures sur lesquelles ils comptaient. Tcheng-Daï use, dit Klein, de toute son influence pour les empêcher d'agir. D'autre part, le mouvement anarchiste se développe de la façon la plus dangereuse — ce qu'il était facile de prévoir — et une série d'attentats terroristes a commencé à Canton même. Enfin, le vieil ennemi du Kuomintang, le général Tcheng-Tioung-Ming (grâce aux subventions des Anglais), est en train de lever une nouvelle armée pour marcher sur la ville.

*

Notre bateau est parti.

Je ne vois plus maintenant de l'île qu'une silhouette où sont piquées d'innombrables petites lumières, et qui diminue lentement, noire sur le ciel sans force. Les immenses figures de publicité se découpent au-dessus des maisons. Publicité des plus grandes sociétés anglaises, qui, il y a un mois encore, dominaient la ville de tous leurs globes allumés. L'électricité devenue précieuse ne les anime plus, et les couleurs dont elles sont peintes disparaissent dans le soir. Un brusque tournant les remplace soudain par un pan nu de la côte montagneuse de Chine, argileuse et rongée d'une herbe courte dont les taches déjà disparaissent dans la nuit criblée de moustiques, comme il y a trois mille ans. Et l'obscurité remplace cette île rongée par d'intelligents tarets qui lui laissent son aspect impérial, mais ne lui permettent plus de dresser sur le ciel, symboles éteints de ses richesses, que de grands signes noirs...

*

Le silence. Le silence absolu, et les étoiles. Des jonques passent un peu au-dessous de nous, portées par le courant que nous remontons, sans un son, sans un visage. Plus rien de terrestre dans ces montagnes confuses qui nous entourent, dans cette eau qui ne bruit ni ne clapote, dans ce fleuve mort qui s'enfonce dans la nuit comme un aveugle; rien d'humain dans ces barques que nous croisons, sinon peut-être des lanternes qui luisent si faiblement à l'arrière qu'elles se reflètent à peine...

« ... L'odeur n'est pas la même... »

La nuit est tout à fait venue. Klein est à côté de moi. Il parle français, presque à voix basse :

« Pas la même... As-tu voyagé la nuit, sur des rivières ? en Europe, je veux dire.

— Oui...

— Comme c'est différent, n'est-ce pas, comme c'est différent !... Le silence de la nuit, chez nous, est la paix... Ici, on attend des coups de mitrailleuse, hein ? »

C'est vrai. C'est une nuit de trêve; on devine que ce silence est plein d'armes. Klein me montre des feux tremblotants, presque imperceptibles :

« Ce sont les nôtres... »

Il parle toujours très bas, sur un ton de confidence.

« On ne voit rien, par ici : on n'allume plus... Regarde. Sur le banc. En étalage. »

Derrière nous, sur le pont, une dizaine de jeunes Européens, dont les Compagnies possèdent des succursales à Shameen et qui vont aider les volontaires, assis en demi-cercle autour de deux jeunes femmes envoyées, dit-on, par un journal (ou par la Sûreté ?...), font assaut d'anecdotes : « ... il avait fait demander à Moscou un cercueil de cristal semblable à celui de Lénine, mais les Russes en ont envoyé un de verre... (il s'agit de Sun-Yat-Sen, sans doute). Une autre fois... »

Klein hausse les épaules :

« Ceux-là sont seulement idiots... »

Il pose sa main sur mon bras et me regarde :

« Pendant la Commune de Paris, tu sais, on arrête un gros. Alors, il crie : « Mais, messieurs, « je n'ai jamais fait de politique ! — Juste- « ment ! » lui répond un type de sens. Et il lui casse la tête.

— C'est-à-dire ?

— Pas toujours aux mêmes à souffrir. Je me souviens d'une fête, autrefois, où je regardais des... êtres qui ressemblaient à ceux-ci. Ah ! quelques balles de revolver, pour casser ce... je ne sais pas dire, ce... sourire, quoi ! L'aspect de toutes ces gueules de gens qui n'ont jamais été sans bouffer ! Oui, faire savoir à ces gens-là qu'une chose, qui s'appelle la vie humaine, existe ! C'est rare, *ein mensch*... un homme, quoi ! »

Je me garde de répondre. Parle-t-il par sympathie ou par besoin ? Sa voix basse est sans timbre, et l'accompagnement fin des moustiques le rend presque rauque. Ses mains tremblent : il n'a pas dormi depuis trois jours. Il est à demi ivre de fatigue.

A l'arrière, séparés de nous par une grille que gardent, carabine sous le bras, deux soldats hindous à turbans, les passagers chinois jouent et fument en silence. Klein, qui s'est retourné, regarde les barreaux épais de la grille.

« Au bagne, sais-tu comment les épreuves les plus... abominables, on les supporte ? ou les plus basses ?... Je pensais constamment que j'empoisonnerais la ville. Ça, je pouvais le faire; j'aurais pu atteindre les réservoirs, après la libération; je savais que j'aurais pu avoir de grandes quantités de cyanure... par un ami... électricien... Quand je souffrais trop, alors je songeais aux moyens à employer, j'imaginais la chose... Ensuite, ça allait mieux. Le condamné, l'épileptique, le syphilitique, le mutilé : pas comme les autres. Ceux qui ne *peuvent* pas accepter... »

Une poulie qui vient de tomber sur le pont et qui résonne encore l'a fait sursauter. Il reprend sa respiration et continue, amèrement :

« Je suis trop nerveux, cette nuit... Tellement esquinté !

« Le souvenir de ces choses-là reste. Au fond de la misère, il y a un homme, souvent... Il faudrait garder cet homme-là, après que la misère est vaincue... c'est difficile...

« La Révolution, pour eux, tout le monde, qu'est-ce que c'est ? La *stimmung* de la Révolution — tellement important ! — qu'est-ce que c'est ? Je vais te dire : on ne sait pas. Mais c'est d'abord parce qu'il y a trop de la misère, pas seulement manque d'argent, mais... toujours, qu'il y a ces gens riches qui vivent et les autres qui ne vivent pas... »

Sa voix s'est affermie : des deux coudes, il est solidement appuyé au bastingage encore chaud, et il accompagne la fin de sa phrase d'un mouvement en avant de ses larges épaules, comme d'autres frapperaient du poing :

« Ici, c'est changé ! Quand les volontaires marchands ont voulu ramener l'état ancien, leur quartier a brûlé trois jours. Des femmes aux petits pieds couraient comme des pingouins. »

Il s'arrête un instant, le regard perdu. Puis il dit :

« Et tout ça, c'est toujours aussi bête... Les morts, ceux de Munich, ceux d'Odessa... Beaucoup d'autres... Toujours aussi bête... »

Il prononce « bbête » avec dégoût.

« Ils sont là comme des lapins, ou comme

dans les images. Ce n'est pas tragique, non...
C'est bbête... Surtout quand ils ont des moustaches. Il faut se dire que ce sont de vrais
hommes tués... On ne croirait pas... »

De nouveau, il se tait, tout le corps portant
sur le bastingage, écroulé. Les moustiques et les
insectes, autour des lumières voilées du pont,
sont de plus en plus nombreux. On devine, sans
les voir, les berges et la rivière d'ombre où ne
scintillent que les reflets de nos ampoules électriques, collés au bateau. Çà et là, maintenant,
de hautes formes tachent confusément le ciel
nocturne : des filets dressés de pêcheurs, peut-
être...

« Klein ?
— *Was ?* Quoi ?
— Pourquoi ne te couches-tu pas ?
— Trop fatigué. Fait trop chaud en bas... »

Je vais chercher une chaise longue et la
dresse à côté de lui. Il s'y étend lentement, sans
un mot, incline la tête sur son épaule et devient
immobile, pris par le sommeil ou l'abrutissement. Sauf l'officier de quart, les sentinelles
hindoues et moi, tous sont couchés; les Chinois,
de l'autre côté de la grille, sur leurs malles, les
Blancs sur des chaises longues ou dans leurs ca-
bines. On n'entend plus, lorsque descend le
bruit des machines, que des dormeurs qui
ronflent et un vieux Chinois qui tousse, tousse,

pris de quintes sans fin parce que les boys ont allumé partout les bâtonnets d'encens qui chassent les moustiques.

*

Je me réfugie dans ma cabine. Mais l'hébétude du mauvais sommeil m'y poursuit : migraine, lassitude, frissons... Je me débarbouille à grande eau (non sans peine : les robinets sont minuscules), je mets le ventilateur en marche, j'ouvre le hublot.

Assis sur ma couchette, désœuvré, je sors de mes poches, un à un, les papiers qui s'y trouvent. Des réclames de pharmacies tropicales, de vieilles lettres, du papier blanc orné du petit drapeau tricolore des Messageries Maritimes... Tout cela, déchiqueté avec un soin d'ivrogne, est envoyé par le hublot dans la rivière. Dans une autre poche, d'anciennes lettres de celui qu'ils appellent Garine. Je n'ai pas voulu les laisser dans ma valise, par prudence... Et ceci ? C'est la nomenclature des papiers qui m'ont été confiés par Meunier. Voyons. Il y a bien des choses... Mais en voici deux que Meunier a mises à part dans la nomenclature même : la première est la copie d'une note de l'*Intelligence Service* relative à Tcheng-Daï, avec des annotations de nos agents. La seconde est celle de l'une des fiches de la Sûreté de Hong-Kong qui concerne Garine.

Après avoir fermé la porte à clef et poussé le verrou, je prends dans la poche de ma chemise la grosse enveloppe que Meunier m'a remise. La pièce que je cherche est la dernière. Elle est longue et chiffrée. En haut de la première page : *transmis d'urgence*. Le chiffre est joint, d'ailleurs.

La curiosité et même une certaine inquiétude me poussant, je commence à traduire. Qu'est, aujourd'hui, cet homme dont j'ai été l'ami pendant des années ? Je ne l'ai pas vu depuis cinq ans. Au cours de ce voyage, il n'est pas un jour qui ne l'ait imposé à mon souvenir, soit qu'on me parlât de lui, soit que son action fût sensible dans les radios que nous recevions... Je l'imagine, tel que je l'ai vu à Marseille lors de notre dernière entrevue, mais avec un visage formé par l'union de ses visages successifs ; de grands yeux gris, durs, presque sans cils, un nez mince et légèrement courbe (sa mère était juive) et surtout, creusées dans les joues, ces deux rides fines et nettes qui font tomber les extrémités des lèvres minces, comme dans nombre de bustes romains. Ce ne sont pas ces traits, à la fois aigus et marqués, qui animent ce visage, mais la bouche aux lèvres sans mollesse, aux lèvres tendues liées aux mouvements de la mâchoire un peu forte; la bouche énergique, nerveuse...

Dans l'état de fatigue où je suis, les phrases que je traduis avec lenteur ordonnent mes souvenirs, et ils se groupent à leur suite. La voix domine. Il y a en moi, cette nuit, de l'ivrogne qui poursuit son rêve...

Pierre Garin, dit Garine ou Harine. Né à Genève, le 5 novembre 1892, de Maurice Garin, sujet suisse, et de Sophia Alexandrovna Mirsky, russe, son épouse.

Il est né en 1894... Se vieillit-il ?...

Anarchiste militant. Condamné pour complicité dans une affaire anarchiste, à Paris, en 1914.

Non. Il ne fut jamais « anarchiste militant ». En 1914 — à vingt ans —, encore sous l'influence des études de lettres qu'il venait de terminer et dont il ne restait en lui que la révélation de grandes existences opposées (« Quels livres valent d'être écrits, hormis les *Mémoires ?* »), il était indifférent aux systèmes, décidé à choisir celui que les circonstances lui imposeraient. Ce qu'il cherchait parmi les anarchistes et les socialistes extrémistes, malgré le grand nombre d'indicateurs de police qu'il savait rencontrer chez les premiers, c'était l'espoir d'un temps de troubles. Je l'ai entendu plusieurs fois, au retour de quelque réunion (où — ingénuité — il était allé coiffé d'une casquette de Barclay), parler avec une ironie méprisante des hommes qu'il venait de voir et qui prétendaient travailler au bonheur de l'humanité. « Ces crétins-là veulent avoir raison. En l'occurrence, il n'y a qu'une raison qui ne soit pas une parodie : l'emploi le plus efficace de sa force. » L'idée était alors dans l'air, et elle se reliait au jeu de son imagination, tout occupée de Saint-Just.

On le croyait généralement ambitieux. Seule est réelle l'ambition dont celui qu'elle possède prend conscience sous forme d'actes à accomplir; il était encore incapable de désirer des conquêtes successives, de les préparer, de confondre sa vie avec elles; son caractère ne se prêtait pas plus que son intelligence aux combinaisons nécessaires. Mais il sentait en lui, tenace, constant, le besoin de la puissance. « Ce n'est pas tant l'âme qui fait le chef que la conquête », m'avait-il dit un jour. Il avait ajouté, avec ironie : « Malheureusement ! » Et, quelques jours plus tard (il lisait alors le *Mémorial*) : « Surtout, c'est la conquête qui *maintient* l'âme du chef. Napoléon, à Sainte-Hélène, va jusqu'à dire : « Tout de même, « quel roman que ma vie ! »... Le génie aussi pourrit... »

Il savait que la vocation qui le poussait n'était

point celle qui brille un instant, parmi beaucoup d'autres, à travers l'esprit des adolescents,
puisqu'il lui faisait l'abandon de sa vie, puisqu'il acceptait tous les risques qu'elle impli-
quait. De la puissance, il ne souhaitait ni
argent, ni considération, ni respect; rien qu'elle-
même. Si, repris par un besoin puéril de rêverie, il rêvait à elle, c'était de façon presque physique. Plus « d'histoires »; une sorte de crispa-
tion, de force tendue, d'attente. L'image ridicule de l'animal ramassé, prêt à bondir, l'obsé-
dait. Et il finissait par considérer l'exercice de la
puissance comme un soulagement, comme une
délivrance.

Il entendait se jouer. Brave, il savait que toute
perte est limitée par la mort, dont son extrême
jeunesse lui permettait de se soucier peu; quant
au gain possible, il ne l'imaginait pas encore
sous une forme précise. Peu à peu, aux espoirs
confus de l'adolescence, une volonté lucide se
substituait, sans dominer encore un caractère
dont la marque restait la violence dans cette
légèreté que donne, à la vingtième année, la
connaissance unique de l'abstrait.

Mais il devait bientôt entrer en contact avec
la vie d'une façon brutale; un matin, à Lausanne, je reçus une lettre dans laquelle un de
nos camarades m'informait que Pierre venait
d'être inculpé dans une affaire d'avortement; et,

deux jours plus tard, une lettre de lui, où je trouvai quelques détails.

Si la propagande en faveur du malthusianisme était active dans les sociétés anarchistes, les sages-femmes qui acceptaient de provoquer l'avortement par conviction étaient fort peu nombreuses, et un compromis intervenait : elles provoquaient l'avortement « pour la cause » mais se faisaient payer. Pierre, à maintes reprises, avait, mi par conviction, mi par vanité, donné les sommes que n'auraient pu trouver seules des jeunes femmes pauvres. Il disposait de la fortune qu'il avait héritée de sa mère, ce que néglige le rapport de police; on savait qu'il suffisait de s'adresser à lui : on le sollicitait souvent. A la suite d'une dénonciation, plusieurs sages-femmes furent arrêtées, et il fut poursuivi pour complicité.

Son premier sentiment fut la stupéfaction. Il n'ignorait pas l'illégalité de ce qu'il faisait, mais le grotesque d'un jugement en cour d'assises, appliqué à de telles actions, le laissa désemparé. Il ne parvenait pas, d'ailleurs, à se rendre compte de ce que pouvait être un tel jugement. Je le voyais alors souvent, car on l'avait laissé en liberté provisoire. Les confrontations n'avaient pour lui aucun intérêt : il ne niait rien. Quant à l'instruction, menée par un juge à barbe, indifférent et préoccupé surtout de réduire les faits à une sorte d'allégorie juridique, elle lui semblait une lutte contre un automate d'une médiocre dialectique.

Un jour, il dit à ce juge qui venait de lui poser une question : « Qu'importe ? — Eh ! répondit le juge, cela n'est pas sans importance pour l'application de la peine... » Cette réponse le troubla. L'idée d'une condamnation réelle ne s'était pas encore imposée à lui. Et, bien qu'il fût courageux et méprisât ceux qui devaient le juger, il s'appliqua à faire intervenir en sa faveur auprès d'eux tous ceux qu'il put atteindre : jouer sa vie sur cette carte sale, ridicule, qu'il n'avait pas choisie, lui était intolérable.

Retenu à Lausanne, je ne pus assister aux débats.

Pendant toute la durée du procès, il eut l'impression d'un spectacle irréel; non d'un rêve, mais d'une comédie étrange, un peu ignoble et tout à fait lunaire. Seul le théâtre peut donner, autant que la cour d'assises, une impression de convention. Le texte du serment exigé des jurés, lu d'une voix de maître d'école las par le président, le surprit par son effet sur ces douze commerçants placides, soudain émus, visiblement désireux d'être justes, de ne pas se tromper et se préparant à juger avec application. L'idée qu'ils pouvaient ne rien comprendre aux faits qu'ils allaient juger ne les troublait pas un instant. L'assurance avec laquelle certains témoins déposaient, l'hésitation des autres, l'attitude du président lorsqu'il interrogeait (celle d'un technicien dans une réunion d'ignorants), l'hostilité avec laquelle il parlait à certains témoins à décharge, tout montrait à Pierre le peu de relation entre les faits en cause et cette cérémonie. Au début, il fut intéressé à l'extrême : le jeu de la défense le passionnait. Mais il se lassa, et, pendant l'audition des derniers témoins, il songeait en souriant : « Juger, c'est, de toute évidence, ne pas comprendre, puisque si l'on comprenait, on ne pourrait plus juger. » Et les efforts du président et de l'avocat général pour ramener à la notion, commune et familière aux jurés, d'un crime, la suite de ces événements, lui semblèrent à tel point dignes d'une parodie qu'il se prit un instant à rire. Mais la justice, dans cette salle, était si forte, les magistrats, les gendarmes, la foule étaient si bien unis dans un même sentiment que l'indignation n'y avait point de place. Son sourire oublié, Pierre trouva ce même sentiment d'impuissance navrante, de mépris et de dégoût que l'on éprouve devant une multitude fanatique, devant toutes les grandes manifestations de l'absurdité humaine.

Son rôle de comparse l'irritait. Il avait l'impression d'être devenu figurant, poussé par quelque nécessité, dans un drame d'une psychologie exceptionnellement fausse et acceptée par un public stupide; écœuré, excédé, ayant perdu jusqu'au désir de dire à ces gens qu'ils se trompaient, il attendait avec une impatience mêlée de résignation la fin de la pièce qui le libérerait de sa corvée.

C'est seulement lorsqu'il se trouvait seul dans sa cellule (où il avait été incarcéré l'avant-veille des débats) que le caractère de ces débats s'imposait à lui. Là, il comprenait qu'il s'agissait d'un jugement : que sa liberté était en jeu; que toute cette comédie vaine pouvait se terminer par sa condamnation, pour un temps indéterminé, à cette vie humiliante et larvaire. La prison le touchait moins depuis qu'il la connaissait; mais la perspective d'un temps assez long passé ainsi, quelque adoucissement qu'il pût espérer faire apporter à son sort, n'était pas sans faire monter en lui une inquiétude d'autant plus lourde qu'il se sentait plus désarmé.

Condamné à six mois d'emprisonnement.

N'exagérons pas. Un télégramme de Pierre me fit savoir que le sursis lui était accordé.

Voici la lettre qu'il m'envoya :

« Je ne tiens pas la société pour mauvaise, pour susceptible d'être améliorée; je la tiens pour absurde. C'est bien autre chose. Si j'ai fait tout ce que j'ai pu faire pour être acquitté par ces abrutis, ou, du moins, pour rester libre, c'est que j'ai de mon destin — pas de moi-même, de mon destin — une idée qui ne peut accepter la prison pour ce motif grotesque.

« Absurde. Je ne veux nullement dire : déraisonnable. Qu'on la transforme, cette société, ne m'intéresse pas. Ce n'est pas l'absence de justice en elle qui m'atteint, mais quelque chose de plus profond, l'impossibilité de donner à une forme sociale, quelle qu'elle soit, mon adhésion. Je suis a-social comme je suis athée, et de la même façon. Tout cela n'aurait aucune importance si j'étais homme d'étude; mais je sais que tout le long de ma vie je trouverai à mon côté l'ordre social, et que je ne pourrai jamais l'accepter sans renoncer à tout ce que je suis. »

Et, peu de temps après : « Il y a une passion plus profonde que les autres, une passion pour laquelle les objets à conquérir ne sont plus rien. Une passion parfaitement désespérée — un des plus puissants soutiens de la force. »

Envoyé à la Légion étrangère de l'armée française en août 1914, déserte à la fin de 1915.

Faux. Il ne fut pas envoyé à la Légion : il s'y engagea. Assister à la guerre en spectateur lui parut impossible. L'origine du conflit, lointaine, lui était indifférente. L'entrée des troupes allemandes en Belgique lui sembla témoigner d'un sens lucide de la guerre; et, s'il choisit la Légion, ce fut seulement en raison de la facilité avec laquelle il put y entrer. De la guerre, il attendait des combats : il y trouva l'immobi-lité de millions d'hommes passifs dans le va-carme. L'intention de quitter l'armée, qui couva longtemps en lui, devint une résolution un jour que l'on distribua de nouvelles armes pour un nettoyage de tranchées. Jusque-là, les légionnaires, à l'occasion, avaient reçu de courts poignards, qui semblaient être encore des armes de guerre; ils reçurent, ce jour-là, des couteaux neufs, à manche de bois marron, à large lame, semblables, d'une façon ignoble et terrible, à des couteaux de cuisine...

Je ne sais comment il parvint à partir et à gagner la Suisse; mais il agit cette fois avec une grande prudence, car il fut porté disparu. (C'est pourquoi je vois avec étonnement cette mention de désertion dans la note anglaise. Il est vrai qu'il n'a, aujourd'hui, aucune raison de la te-nir secrète...)

Perd sa fortune dans diverses spéculations financières.

Il fut toujours joueur.

Dirige à Zurich, grâce à sa connaissance des langues étrangères, une maison d'Editions pa-

cifistes. S'y trouve en rapport avec des révolu-
tionnaires russes.

Fils d'un Suisse et d'une Russe, il parlait l'allemand, le français, le russe et l'anglais, qu'il
avait appris au collège. Il ne dirigea pas une
maison d'éditions, mais le service des traductions d'une société dont les éditions n'étaient
pas, par principe, pacifistes.

Il eut, comme dit le rapport de police, l'occasion de fréquenter quelques jeunes hommes du
groupe bolchevik. Il comprit vite qu'il avait
affaire, cette fois, non à des prédicateurs, mais
à des techniciens. Le groupe était peu accueil-
lant; seul le souvenir de son procès qui, dans
ce milieu, n'était pas encore oublié, lui avait
permis de n'en être pas reçu comme un impor-
tun; mais n'étant pas lié à son action (il n'avait
pas voulu être membre du parti, sachant qu'il
n'en pourrait supporter la discipline et ne
croyant pas à une révolution prochaine), il
n'eut jamais avec ses membres que des relations
de camaraderie. Les jeunes hommes l'intéres-
saient plus que les chefs, dont il ne connaissait que les discours, ces discours prononcés sur
le ton de la conversation, dans des petits cafés
enfumés, devant une vingtaine de camarades
affalés sur les tables, et dont le visage seul
exprimait l'attention. Il ne vit jamais Lénine.
Si la technique et le goût de l'insurrection,

chez les bolcheviks, le séduisaient, le vocabulaire doctrinal et surtout le dogmatisme qui les
chargeaient l'exaspéraient. A la vérité, il était
de ceux pour qui l'esprit révolutionnaire ne
peut naître que de la révolution qui commence,
de ceux pour qui la révolution est, avant tout,
un état de choses.

Lorsque vint la révolution russe, il fut stupéfait. Un à un, ses camarades quittèrent Zurich,
lui promettant de lui donner des moyens de
venir en Russie. S'y rendre lui semblait à la
fois nécessaire et juste; et, chaque fois qu'un
de ses camarades s'en allait, il l'accompagnait
sans envie, mais avec le sentiment obscur d'une
spoliation.

Ce voyage en Russie, il le souhaita avec passion à partir de la révolution d'Octobre; il écri-
vit; mais les chefs du parti avaient autre chose à
faire que répondre à des lettres de Suisse et
faire appel à des amateurs. Il en souffrait avec
une triste rage; il m'écrivait : « Dieu sait que
j'ai vu des hommes passionnés, des hommes pos-
sédés par une idée, des hommes attachés à leurs
gosses, à leur argent, à leurs maîtresses, à leur
espoir même, comme ils le sont à leurs membres;
intoxiqués, hantés, oubliant tout, défendant
l'objet de leur passion ou courant après !... Si
je disais que je veux un million, on penserait
que je suis un homme envieux; cent, que je suis

chimérique, mais peut-être fort; et si je dis que je considère ma jeunesse comme la carte sur laquelle je joue, on a l'air de me prendre pour un malheureux visionnaire. Et je joue ce jour-là, crois-moi, comme un pauvre type peut jouer, à Monte-Carlo, la partie après laquelle il se tuera s'il perd. Si je pouvais tricher, je tricherais. Avoir un cœur d'homme et ne pas s'apercevoir qu'on explique cela à une femme qui s'en fout, c'est très normal : on peut se tromper, là, tant que l'on veut. Mais on ne peut pas se tromper au jeu de la vie; il paraît qu'il est simple, et que fixer une pensée résolue sur sa destinée est moins sage que la fixer sur ses soucis du jour, sur ses espoirs ou sur ses rêves... Et ma recherche, je saurai la conduire : que je retrouve seulement le prix du premier passage, que j'ai imbécilement gaspillé !... »

Envoyé à Canton, à la fin de 1918, par l'Internationale.

Idiot. Il avait connu au lycée un de mes camarades, Lambert, beaucoup plus âgé que nous, dont les parents, fonctionnaires français, avaient été les amis des miens, commerçants à Haïphong. Comme presque tous les enfants européens de cette ville, Lambert avait été élevé par une nourrice cantonaise, dont, comme moi, il parlait le dialecte. Il était reparti pour le Tonkin au début de 1914. Rapidement écœuré par la vie coloniale, il avait gagné la Chine, où il était devenu l'un des collaborateurs de Sun-Yat-Sen, et n'avait pas rejoint son corps à la déclaration de guerre. Il était resté en correspondance suivie avec Pierre; il lui promettait depuis longtemps de lui fournir le moyen de venir à Canton. Et Pierre, bien qu'il ne fût pas convaincu de la valeur de cette promesse, étudiait les caractères chinois, non sans découragement. Un jour, en juin 1918, il reçut une lettre dans laquelle Lambert lui écrivait : « Si tu es résolu à quitter l'Europe, dis-le-moi. Je puis te faire appeler : huit cents dollars par mois. » Il répondit aussitôt. Et à la fin de novembre, après que l'armistice eut été signé, il reçut une nouvelle lettre qui contenait un chèque sur une banque de Marseille et dont le montant était un peu supérieur au prix du passage.

Je disposais alors de quelque argent. Je l'accompagnai à Marseille.

Journée de lent vagabondage à travers la ville. Atmosphère méditerranéenne où tout travail semble consenti, rues éclairées par un pâle soleil d'hiver et tachées par les capotes bleues des soldats qui ne sont pas encore démobilisés... Les traits de son visage ont peu changé : les traces de la guerre se voient surtout sur les joues, maintenant amaigries, tendues, sillonnées de petites rides verticales, et qui accentuent l'éclat dur des yeux gris, la courbe de la bouche mince et la profondeur des deux rides qui la prolongent.

Depuis longtemps, nous marchons en causant. Un seul sentiment le domine, l'impatience. Bien qu'il la cache, elle se glisse sous tous ses gestes et s'exprime involontairement dans le rythme saccadé de ses paroles.

« Comprends-tu vraiment ce que cela peut être : le remords ? » demanda-t-il soudain.

Je m'arrête, interloqué.

« Un vrai remords; pas un sentiment de livre ou de théâtre : un sentiment contre soi-même — soi-même à une autre époque.

« Un sentiment qui ne peut naître que d'un acte grave — et les actes graves ne se commettent pas par hasard...

— Cela dépend.

— Non. Pour un homme qui en a fini avec les expériences d'adolescent, souffrir d'un remords, cela ne peut être que ne pas savoir profiter d'un enseignement... »

Et, constatant soudain ma surprise :

« Je te dis cela à propos des Russes. »

Car nous venons de passer devant une vitrine de librairie consacrée à des romanciers russes.

« Il y a une paille dans ce qu'ils ont écrit,

et cette paille, c'est quelque chose comme le remords. Ces écrivains ont tous le défaut de n'avoir tué personne. Si leurs personnages souffrent après avoir tué, c'est que le monde n'a presque pas changé pour eux. Je dis : presque. Dans la réalité, je crois qu'ils verraient le monde se transformer complètement, changer ses perspectives, devenir non le monde d'un homme qui « a commis un crime » mais celui d'un homme qui a tué. Ce monde qui ne se transforme pas — disons : pas assez, si tu veux — je ne peux pas croire à sa vérité. Pour un assassin, il n'y a pas de crimes, il n'y a que les meurtres — s'il est lucide, bien entendu.

— Idée qui va loin, si on l'étend un peu... »

Et, après un silence, il reprend :

« Aussi excédé de soi-même que l'on soit, on ne l'est jamais autant qu'on le dit. Se lier à une grande action quelconque et ne pas la lâcher, en être hanté, en être intoxiqué, c'est peut-être... »

Mais il hausse les épaules et laisse là sa phrase.

« Dommage que tu n'aies pas la foi, tu aurais fait un missionnaire admi...

— Non ! D'abord parce que les choses que j'appelle bassesses ne m'humilient pas. Elles font partie de l'homme. Je les accepte comme d'avoir froid en hiver. Je ne désire pas les soumettre à une loi. Et j'aurais fait un mauvais missionnaire pour une autre raison : je n'aime pas les hommes. Je n'aime pas même les pauvres gens, le peuple, ceux en somme pour qui je vais combattre...

— Tu les préfères aux autres, cela revient au même.

— Jamais de la vie !

— Quoi, jamais de la vie ? Tu ne les préfères pas ou cela ne revient pas au même ?...

— Je les préfère, mais uniquement parce qu'ils sont les vaincus. Oui, ils ont, dans l'ensemble, plus de cœur, plus d'humanité que les autres : vertus de vaincus... Ce qui est bien certain, c'est que je n'ai qu'un dégoût haineux pour la bourgeoisie dont je sors. Mais quant aux autres, je sais si bien qu'ils deviendraient abjects, dès que nous aurions triomphé ensemble... Nous avons en commun notre lutte, et c'est bien plus clair...

— Alors, pourquoi pars-tu ? »

Cette fois, c'est lui qui s'arrêta.

« Est-ce que tu serais devenu idiot ?

— Ça m'étonnerait : on s'en serait aperçu.

— Je pars parce que je n'ai pas envie de retourner faire l'imbécile devant un tribunal, pour une raison sérieuse cette fois. Ma vie ne m'intéresse pas. C'est clair, c'est net, c'est formel. Je veux — tu entends ? — une certaine forme de puissance; ou je l'obtiendrai, ou tant pis pour moi.

— Tant pis si c'est manqué ?

— Si c'est manqué, je recommencerai, là ou ailleurs. Et si je suis tué, la question sera résolue. »

Ses bagages avaient été portés à bord. Nous nous serrâmes fortement la main, et il se rendit au bar où il commença à lire, seul, sans pouvoir se faire servir. Sur le quai, des jeunes mendiantes italiennes chantaient, et leurs chansons m'accompagnèrent, tandis que je m'éloignais, avec l'odeur de vernis du paquebot récemment repeint.

Engagé par Sun-Yat-Sen avec le titre de « conseiller juridique » aux appointements de huit cents dollars par mois; chargé, après notre refus de fournir des techniciens au Gouvernement de Canton, de la réorganisation et de la direction de la Propagande (son poste actuel).

Lorsqu'il était arrivé à Canton, il avait appris, en effet, avec un vif plaisir, qu'il devait toucher huit cents dollars mexicains chaque mois. Mais il comprit, après trois mois, que le paiement de la solde des militaires et des civils attachés au Gouvernement de Sun-Yat-Sen était fort incertain : chacun vivait de concussion ou de « combines ». En faisant délivrer des cartes d'agents secrets de propagande à des importateurs d'opium ainsi mis à l'abri des diverses polices, il gagna, en sept mois, une centaine de mille francs-or. Ce qui lui permit de ne plus craindre d'être pris à l'improviste par quelque difficulté. Et, trois mois plus tard, Lambert quitta Canton, lui laissant la direction de la Propagande, qui n'était alors qu'une caricature.

Ne souffrant plus de la précarité d'une position devenue solide, Pierre voulut transformer la Propagande, et faire d'un bureau d'opéra-comique une arme. Il institua un contrôle sérieux des fonds qui lui étaient confiés et exigea de ses subordonnés de la loyauté : il fut obligé de les remplacer presque tous. Mais les nouveaux fonctionnaires, malgré les promesses de Sun-Yat-Sen qui suivait son effort avec curiosité, ne furent pas payés, et, pendant des mois, Pierre fut occupé à chercher, chaque jour, les moyens de payer ses agents. Il avait annexé à la Propagande la police politique : il obtint encore le contrôle des polices urbaine et secrète. Et, avec la plus grande indifférence à l'égard des décrets, il assura, par les taxes clandestines dont il frappa les importateurs d'opium, les tenanciers de maisons de jeu et de prostitution, l'existence de la Propagande. C'est pourquoi le rapport de police dit :

Individu énergique, mais sans moralité.

(Moralité me ravit.)

A su choisir des collaborateurs habiles, tous au service de l'Internationale.

La vérité est plus compliquée. Sachant que se formait entre ses mains l'instrument dont il avait si longtemps rêvé, il fit les plus grands efforts pour empêcher sa destruction. Il n'ignorait pas que, le cas échéant, malgré son affabilité, Sun n'hésiterait pas à l'abandonner; il agit avec aussi peu de violence que possible, mais avec ténacité. Il s'entoura de jeunes gens du Kuomintang, maladroits mais fanatiques, et qu'il parvint à instruire, aidé par un nombre sans cesse croissant d'agents russes, que la famine avait chassés de la Sibérie et de la Chine du Nord. Avant la rencontre de Sun-Yat-Sen et de Borodine à Shanghaï, l'Internationale de Moscou avait fait pressentir Pierre, lui rappelant les entretiens de Zurich. Elle l'avait trouvé résolu à la servir : elle seule lui semblait disposer des moyens nécessaires à donner à la province de Canton l'organisation révolutionnaire qu'il souhaitait et à remplacer par une volonté persévérante les velléités chinoises. Aussi usat-il du peu d'influence qu'il avait sur Sun-Yat-Sen pour le rapprocher de la Russie, et se trouva-t-il tout naturellement le collaborateur de Borodine, lorsque celui-ci se rendit à Canton.

Pendant les premiers mois qui suivirent l'ar-

rivée de Borodine, je compris, au ton des lettres
de Pierre, qu'une action puissante — enfin —
se préparait; puis les lettres devinrent plus
rares, et c'est avec surprise que j'appris que
« le ridicule petit Gouvernement de Canton »
entrait en lutte contre l'Angleterre et rêvait
de reconstituer l'unité de la Chine.

Lorsque Pierre, après ma ruine, me donna
la possibilité de venir à Canton comme Lambert la lui avait donnée à lui-même six ans
plus tôt, je ne connaissais la lutte de Hong-
Kong contre Canton que par les radios d'Extrême-Orient; et les premières instructions que
je reçus me furent données à Ceylan par un
délégué du Kuomintang de Colombo, pendant
l'escale. Il pleuvait comme il pleut sous les
tropiques; pendant que j'écoutais le vieux Cantonais, l'auto dans laquelle nous étions assis
filait sous les nuages bas; le pare-brise brouillé
faisait sauter au passage, en claquant, les palmes ruisselantes. Il me fallait faire effort pour
me persuader que les paroles que j'entendais
exprimaient des réalités, des luttes, des morts,
de l'angoisse... De retour à bord, au bar, encore
étonné des discours du Chinois, j'eus la curiosité de relire les dernières lettres de Pierre, dont
le rôle de chef commençait à devenir réel pour
moi. Et ces lettres qui sont là, sur mon lit,
ouvertes, font maintenant entrer dans cette

cabine blanche, à côté de l'image trouble de
mon ami, de tant de souvenirs nets ou désa-
grégés, un Océan battu d'une pluie oblique et
bordé par la longue ligne grise des hauts pla-
teaux de Ceylan surmontée de nuages immobiles et presque noirs...

« Tu sais combien je souhaite que tu vien-
nes. Mais ne viens pas en croyant trouver ici
la vie qui satisfait l'espoir que j'avais lorsque
je t'ai quitté. La force dont j'ai rêvé et dont
je dispose aujourd'hui ne s'obtient que par une
application paysanne, par une énergie persévérante, par la volonté constante d'ajouter à ce
que nous possédons l'homme ou l'élément qui
nous manque. Peut-être seras-tu étonné que je
t'écrive ainsi, moi. Cette persévérance qui me
manquait je l'ai trouvée ici chez mes collaborateurs, et je crois l'avoir acquise. Ma force
vient de ce que j'ai mis une absence de scru-
pules complète au service d'autre chose que de
mon intérêt immédiat... »

J'ai vu chaque jour, en approchant de Canton, afficher les radios par lesquels il a si bien
remplacé ses lettres...

Cette note de police est singulièrement
incomplète. Je vois au bas de la page deux
gros points d'exclamation au crayon bleu. Peut-
être est-ce une note ancienne ? Les précisions

fournies par la seconde feuille sont d'un tout
autre ordre :

*Assure aujourd'hui l'existence de la Propa-
gande par des prélèvements sur les envois coloniaux chinois et sur les cotisations des syndicats.
Semble être pour beaucoup dans l'enthousiasme
indéniable que rencontre ici l'idée d'une guerre
contre les troupes auxquelles nous avons accordé
notre appui. Est parvenu, à l'aide d'une prédication incessante, menée par ses agents, à
faire accepter les syndicats obligatoires — sur
l'importance desquels je ne crois pas devoir
insister —, lorsque Borodine en demanda la
création, avant de disposer des piquets de grève.
A fait des sept services de la police publique
et secrète, autant de services de propagande.
A créé un « groupement d'instruction politique » qui est une école d'orateurs et de pro-
pagandistes. A fait rattacher au Bureau politique,
et par là à l'Internationale, le Commissariat
de la Justice (ici encore, je ne crois pas devoir
insister) et celui des Finances. Enfin, j'insiste
sur ce point, il s'efforce actuellement de faire
promulguer le décret dont le seul projet a fait
demander par nous l'intervention militaire du
Royaume-Uni : le décret qui interdit l'entrée
du port de Canton à tout bateau ayant fait
escale à Hong-Kong, et dont on a si bien dit*
qu'il détruirait Hong-Kong aussi sûrement

qu'un cancer. *Cette phrase est affichée dans plusieurs bureaux de la Propagande.*

Au-dessous, trois lignes sont soulignées deux fois au crayon rouge.

Je me permets d'attirer tout spécialement votre attention sur ceci : cet homme est gravement malade. *Il sera obligé de quitter le Tropique avant peu.*

J'en doute.

DEUXIÈME PARTIE

PUISSANCES

CRIS, appels, protestations, ordres des policiers,
le vacarme d'hier soir recommence. Cette fois,
c'est le débarquement. A peine regarde-t-on
Shameen aux petites maisons entourées d'arbres.
Tous observent le pont voisin protégé par des
tranchées et des fils de fer barbelés, et, surtout,
les canonnières anglaises et françaises toutes
proches dont les canons sont dirigés vers Canton. Un canot automobile nous attend, Klein
et moi.

Voici la vieille Chine, la Chine sans Européens. Sur une eau jaunâtre, chargée de glaise,
le canot avance comme dans un canal, entre
deux rangs serrés de sampans semblables à des
gondoles grossières avec leur toiture d'osier. A
l'avant, des femmes, presque toutes âgées, cui-
sinent sur des trépieds, dans une intense odeur

de graisse brûlée; souvent, derrière elles, apparaît un chat, une cage ou un singe enchaîné. Les enfants nus et jaunes passent de l'un à l'autre, faisant sauter comme un plumeau plat la frange unique de leurs cheveux, plus légers et plus animés que les chats malgré leurs ventres en poire de mangeurs de riz. Les tout-petits dorment, paquets, dans un linge noir accroché au dos des mères. La lumière frisante du soleil joue autour des arêtes des sampans et détache violemment de leur fond brun les blouses et les pantalons des femmes, taches bleues, et les enfants grimpés sur les toits, taches jaunes. Sur le quai, le profil dentelé des maisons américaines et des maisons chinoises : au-dessus, le ciel sans couleur à force de lumière; et partout, légère comme une mousse, sur les sampans, sur les maisons, sur l'eau, cette lumière dans laquelle nous pénétrons comme dans un brouillard incandescent.

Nous accostons. Une auto qui nous attendait nous emmène aussitôt à vive allure. Le chauffeur, vêtu de l'uniforme de l'armée, fait ronfler sans cesse son klaxon, et la foule reflue précipitamment, comme poussée par un chasse-neige. A peine ai-je le temps d'entrevoir, perpendiculairement à notre course, une multitude bleue et blanche — beaucoup d'hommes en robes — encadrée par des perspectives de

stores ornés de gigantesques caractères noirs et
constamment trouée par les marchands ambulants et les manœuvres qui avancent au pas
gymnastique, le corps déjeté, l'épaule courbée
sous un bambou aux extrémités duquel pendent de lourdes charges. Un instant, apparaissent des ruelles aux dalles crevassées qui finis-
sent dans l'herbe, devant quelque bastion à
cornes ou quelque pagode moisie. Et, dans un
coup de vent, nous distinguons, en la croi-
sant, l'auto d'un haut fonctionnaire de la République, avec ses deux soldats, Parabellum au
poing, debout sur les marchepieds.

Quittant le quartier commerçant de la ville,
l'auto s'engage sur un boulevard tropical bordé
de maisons entourées de jardins, sans prome-
neurs, où l'éclat blanchâtre et mat de la chaus-
sée brûlante n'est taché que de la silhouette clo-
pinante d'un marchand de soupe bientôt disparu dans une ruelle. Klein, qui va chez Borodine, me quitte devant une maison de style colonial — toit débordant des vérandas — entourée d'une grille semblable à celles qui ornent
les chalets des environs de Paris : la maison de
Garine. La porte de fer est poussée. Je traverse
un petit jardin et parviens à une seconde porte
gardée par deux soldats cantonais en uniforme
de toile grise. L'un prend ma carte et disparaît.
J'attends en regardant l'autre : avec sa casquette

plate et son parabellum à la ceinture, il me rappelle les officiers du tsar; mais sa casquette est
rejetée sur l'arrière de sa tête et il est chaussé
d'espadrilles. L'autre revient. Je peux monter.

Un petit escalier d'un étage, puis une pièce
très vaste, qui communique par une porte avec
une autre pièce où des hommes parlent à voix
assez haute. Cette partie de la ville est tout à
fait silencieuse; à peine entend-on par instants,
derrière les aréquiers dont les palmes emplissent deux fenêtres, des trompes d'autos éloignées; la porte n'est bouchée que par une natte,
et je distingue les paroles prononcées en anglais
dans l'autre chambre. Le soldat me montre la
natte et s'en va.

« ... que l'armée de Tcheng-Tioung-Ming
s'organise... »

Un homme, de l'autre côté de la natte, continue à parler, mais confusément...

« Je le dis depuis plus d'un mois ! D'ailleurs,
Boro est aussi décidé que moi. Le décret seul, tu
entends (c'est maintenant la voix de Garine.
Un poing frappe une table martelant les mots),
le décret seul nous permettra de démolir Hong-
Kong ! Il faut que ce sacré gouvernement se
décide à s'engager...

— ...

— Fantôme ou non, qu'il marche, puisque
nous avons besoin de lui !

— ...

— Eux, là-bas, ils réfléchiront : ils savent aussi bien que moi que ce décret fera crever leur port comme... »

Un bruit de pas. Des gens entrent et sortent.

« Que proposent les comités ? »

On remue des feuilles de papier.

« Pas grand-chose... (c'est une nouvelle voix qui parle). La plupart ne proposent même vraiment rien. En voici deux qui demandent l'augmentation des secours de grève et le maintien de l'allocation aux manœuvres. Celui-ci propose l'exécution des ouvriers qui ont les premiers repris le travail...

— Non. Pas encore.

— Pourquoi non ? (voix chinoises, accent d'hostilité)

— La mort ne se manie pas comme un balai ! »

Si quelqu'un sortait, j'aurais l'air d'un espion. Je ne peux cependant pas me moucher, ou me mettre à siffler ! Poussons la natte et entrons.

Autour d'un bureau, Garine en tenue kaki d'officier et trois jeunes Chinois en veston blanc. Pendant les présentations, l'un des Chinois murmure :

« Il y a des personnes qui ont peur de se salir en touchant les balais...

— Il y avait bien des gens qui trouvaient

Lénine peu révolutionnaire, répond Garine, se retournant d'un coup, la main encore posée sur mon épaule. Puis, s'adressant à moi :

— (Tu n'as pas rajeuni...) Tu viens de Hong-Kong ? et, sans même attendre ma réponse : Tu as vu Meunier, oui. As-tu les papiers ? »

Ils sont dans ma poche. Je les lui donne. Au même instant, un factionnaire entre, apportant une enveloppe gonflée; Garine la passe à l'un des Chinois qui résume :

« Rapport de la section de Kuala-Lampur. Elle attire notre attention sur les difficultés qu'elle rencontre actuellement pour réunir les fonds.

— Et en Indochine française ? me demande Garine.

— Je vous apporte six mille dollars réunis par Gérard. Il dit que ça va très bien.

— Bon. Viens. »

Il me prend par le bras, saisit son casque, et nous sortons.

« Nous allons chez Borodine : c'est tout près. »

Nous longeons le boulevard aux trottoirs d'herbe roussie, silencieux, désert. Le soleil plaque sur la poussière blanche une lumière crue qui oblige presque à fermer les yeux. Garine m'interroge sur mon voyage, rapidement, puis lit, en marchant, le rapport de Meunier, inclinant les feuilles pour atténuer la réverbération. Il a peu vieilli, mais, sous la doublure verte du casque, chaque trait porte l'empreinte de la maladie : les yeux sont cernés jusqu'au milieu des joues; le nez s'est aminci encore; les deux rides qui joignent les ailes du nez aux commissures des lèvres ne sont plus les rides profondes, nettes, d'autrefois; ce sont des rides larges, presque des plis, et tous les muscles ont quelque chose à la fois de fiévreux, de mou et de si fatigué que, lorsqu'il s'anime, tous se tendent et que l'expression de son visage change complètement. Autour de cette tête qui avance, les yeux fixés sur le papier, l'air, comme toujours à cette heure, tremble devant la verdure dense d'où sortent des palmes poussiéreuses. Je voudrais lui parler de sa santé; mais il a terminé sa lecture et dit, appuyant à son menton le rapport dont il a fait un petit rouleau :

« Ça commence à aller assez mal, là-bas aussi. L'esprit des sympathisants est moins bon, des domestiques retournent à la niche. Et il faut s'appuyer ici sur de jeunes crétins qui confondent une action révolutionnaire avec le troisième acte de l'Ambigu-Chinois... — Il est impossible d'attribuer des fonds plus élevés aux secours de grève, impossible ! D'ailleurs, ça ne changerait rien. Les grèves malades, ça se soigne avec des victoires.

— Il ne propose rien, Meunier ?

— Il dit que l'esprit général n'est pas encore mauvais : les faibles flanchent parce que l'Angleterre les menace, par l'intermédiaire de la police secrète. D'autre part, il transmet : « Nos « comités chinois, là-bas, proposent de faire « enlever en vitesse deux ou trois cents gosses « appartenant aux coupables ou aux suspects. On « les transporterait ici, on les traiterait bien, « mais on ne les rendrait qu'aux parents qui « viendraient les chercher. Évidemment, ils ne « retourneraient pas à Hong-Kong demain... « C'est précisément le moment de villégiatures, « ajoute-t-il. Ça porterait les autres à réflé- « chir. » Ce n'est pas avec des procédés de ce genre que nous irons loin... »

Nous arrivons. La maison est semblable à celle de Garine, mais jaune. Au moment où nous allons entrer, Garine s'arrête et salue militairement un petit vieillard chinois qui sort. Celui-ci étend la main vers nous : nous nous approchons.

« Monsieur Garine, dit-il en français, lentement, d'une voix faible, j'étais ici dans le dessein de vous rencontrer. Je crois qu'un entretien entre nous serait une chose bonne. Quand pourrai-je vous trouver ?

— Monsieur Tcheng-Daï, quand il vous plaira. J'irai vous voir cette...

— Non, non, répond-il, tapotant l'air de la main comme s'il voulait calmer Garine, je passerai, je passerai. Cinq heures, cela vous convient-il ?

— Entendu; je vous attendrai. »

Dès que j'ai entendu prononcer son nom, je l'ai regardé attentivement. Son visage, comme celui de nombre de vieux lettrés, fait songer à une tête de mort. Cela tient à la saillie de ses pommettes, qui ne laisse voir de sa face que les deux taches profondes et sombres des orbites, un nez imperceptible et les dents, surtout lorsqu'on la voit à quelque distance. De près, ses yeux, qui sont allongés, s'animent : son sourire se relie à l'extrême courtoisie de sa parole, à la distinction de sa voix; tout cela atténue sa laideur et en modifie le caractère. Il enfonce ses mains dans ses manches à la façon d'un prêtre et accompagne ses paroles de légers mouvements des épaules en avant. J'ai songé un instant à Klein, qui, lui aussi, s'exprime avec tout son corps; et ce Tcheng-Daï m'a paru plus fin encore, plus âgé, plus subtil. Il est vêtu d'un pantalon et d'une vareuse militaire au col empesé, en toile blanche, comme presque tous les chefs du Kuomintang. Son pousse — il a un pousse particulier, tout noir — l'attend. Il le rejoint à pas menus; le tireur l'emmène, d'une course lente et sage; lui, calé au fond du

siège, hoche gravement la tête et semble peser
des arguments qu'il se propose en silence...

Après l'avoir suivi un instant du regard, nous
passons, sans nous faire annoncer, devant les
factionnaires, traversons un hall vide et rencontrons une autre sentinelle en uniforme kaki
soutaché d'orange. (Est-ce une marque de distinction ?) En face, ce n'est pas une natte, cette
fois, mais une porte fermée.

« Il est seul ? » demande Garine à la sentinelle. L'autre incline la tête affirmativement.
Nous frappons et entrons. Le cabinet de travail
est vaste. Un portrait en pied de Sun-Yat-Sen,
de deux mètres, coupe en deux le mur de chaux
bleuâtre. Derrière un bureau couvert de papiers
de toutes sortes mis en ordre et soigneusement séparés les uns des autres, Borodine, à
contre-jour, nous regarde entrer, un peu étonné
(par ma présence sans doute) et clignant des
yeux. Il se lève et vient à nous, la main en
avant, le dos voûté. Je distingue maintenant
son visage en raccourci, au-dessous des cheveux
ondulés, massifs, rejetés en arrière, que je voyais
seuls lorsqu'il m'est apparu d'abord, penché
sur son bureau. Il a cet air de fauve intelligent
que donne l'ensemble des moustaches courbes,
des pommettes saillantes et des yeux bridés.
Quarante ans, peut-être.

Pendant l'entretien qu'il a avec Garine, son

attitude est à peu près celle d'un militaire.
Garine me présente, résume en russe le rapport
de Meunier qu'il a laissé sur le bureau; Borodine prend le papier et le classe aussitôt dans
une pile de rapports surmontée d'un autre portrait, gravé, de Sun-Yat-Sen. Il semble intéressé
surtout par un détail qu'il note en disant quelques mots. Puis, tous deux discutent, en russe
encore, sur un ton d'animation inquiète.

Et nous regagnons pour déjeuner la maison
de Garine, qui marche les yeux baissés, soucieux.

« Ça ne marche pas ?

— Oh ! j'ai l'habitude... »

Devant sa maison, un planton qui l'attendait
lui remet un rapport. Il le lit en gravissant les
marches, le signe sur la table d'osier de la
véranda et le rend. Le planton part en courant.
Garine est de plus en plus soucieux. Je lui
demande de nouveau, en hésitant :

« Alors ?

— Alors... alors voilà. »

Le ton suffit.

« Ça va mal ?

— Assez. Les grèves, c'est très joli, mais ça ne
suffit pas. Maintenant, il faut autre chose. Il
faut UNE autre chose : l'application du décret
qui interdit aux bateaux chinois de toucher
Hong-Kong, ainsi qu'à tous les bateaux étran-

gers qui veulent mouiller à Canton. Il y a plus
d'un mois que le décret est signé, mais il n'est
pas encore promulgué. Les Anglais savent que
la grève ne peut durer toujours; ils se demandent ce que nous allons faire. Attendent-ils
beaucoup de l'expédition de Tcheng-Tioung-
Ming ? Ils lui fournissent des armes, des instructeurs, de l'argent... Lorsque ce décret a été
signé, ils ont eu une telle peur, les gens de
Hong-Kong, qu'ils ont télégraphié à Londres,
au nom de tous les corps constitués, pour demander une intervention militaire. Le décret
est resté au fond d'un tiroir. Je sais bien que
son application justifierait la guerre. Et après ?
Ils ne peuvent pas l'entreprendre, cette guerre !
Et Hong-Kong serait enfin... »

Du poing, il fait le geste de serrer une vis.

« En retirant à Hong-Kong la clientèle des
seules compagnies cantonaises, nous abaissons
des deux tiers les recettes du port. La ruine.

— Eh bien ?

— Quoi, eh bien ?

— Oui, qu'attendez-vous ?

— Tcheng-Daï. Nous ne sommes pas encore
le gouvernement. Une action de ce genre
échouera, si ce vieil abruti se met en tête de
la faire échouer. »

Il réfléchit.

« Même lorsqu'on est très bien renseigné, on

ne l'est qu'à demi. Je voudrais savoir — savoir — s'il n'est vraiment pour rien dans ce que nous préparent Tang et les cochons de second ordre...

— Tang ?

— Un général, comme beaucoup d'autres. Tang n'a pas d'importance. Il prépare un coup d'Etat : il veut nous coller au mur. Ça le regarde. Mais lui, en l'occurrence, ne compte pas : il n'est qu'un hasard nécessaire, qui se produira. Ce qui compte, c'est ce que nous trouverons derrière lui. L'Angleterre d'abord, comme il convient. En ce moment, les caisses anglaises s'ouvrent largement devant tous ceux qui se proposent de nous abattre; chaque homme de ses régiments lui est certainement payé un bon prix. (Et — malheureusement — Hong-Kong n'est pas loin, ce qui permet à Tang et aux autres de filer en lieu sûr quand ils sont battus.) Et il y a encore Tcheng-Daï, « l'honnête Tcheng-Daï » que tu as vu tout à l'heure. Je suis sûr que Tang, s'il était vainqueur — il ne le sera pas —, lui offrirait le pouvoir, quitte à gouverner sous son nom. On peut mettre Tcheng-Daï à la place du Comité des Sept et on ne peut mettre que lui. Les sociétés publiques et secrètes l'accepteraient, c'est certain. Et il remplacerait notre action par de beaux « appels aux peuples du monde » comme celui qu'il vient de lancer et auquel Gandhi et Russel ont répondu. C'est beau, l'âge du papier ! Je vois cela d'ici : compliments, boniments, retour des marchandises anglaises, Anglais à cigares sur le quai, démolition de tout ce que nous avons fait. Toutes ces villes chinoises sont molles comme des méduses. Le squelette, ici, c'est nous. Pour combien de temps ? »

A l'instant où nous allons nous mettre à table, un nouveau planton arrive, porteur d'un pli. Garine ouvre l'enveloppe avec le couteau de table, s'assied devant son assiette et lit.

« Bon, ça va. »

Le planton part.

« Le nombre de crapules que l'on peut trouver autour de Tcheng-Daï est incroyable. Avant-hier, les types qui prétendent se réclamer de lui donnaient une réunion. Sur une espèce de place, pas très loin de la rivière. Il était venu. Digne et fatigué, comme tu l'as vu tout à l'heure; pas pour parler, évidemment. Et c'était à voir, les orateurs vociférants, montés sur les tables, au-dessus d'une masse carrée de têtes pas très enthousiastes, sur un fond de tôle ondulée, de cornes de pagodes, de bouts de zinc tordus. Autour de lui, un peu à l'écart, pas trop, un grand cercle respectueux. Il a été attaqué par de quelconques voyous. Il avait avec lui quelques costauds choisis qui l'ont défendu. Le chef de la police a fait aussitôt coffrer agresseurs et défenseurs. Et aujourd'hui, le principal défenseur — c'est son interrogatoire que j'ai sous les yeux — demande une place, même dans la police, au commissaire qui l'interroge. C'est beau, la foi ! Quant à l'autre papier, le voici... »

Il me le tend. C'est la copie d'une liste établie par le général Tang : Garine, Borodine, Nicolaïeff, Hong, des noms chinois. *A fusiller d'abord*.

Pendant tout le déjeuner, nous parlons de Tcheng-Daï : Garine ne pense qu'à lui. L'adversaire.

Sun-Yat-Sen a dit avant de mourir : « La parole de Borodine est ma parole. » Mais la parole de Tcheng-Daï aussi est sa parole, et il n'a pas été nécessaire qu'il le dît.

Il a commencé en Indochine sa vie publique. Qu'était-il allé faire à Cholon ? La grande ville du riz n'avait rien pour séduire ce lettré... Il a été là-bas un des organisateurs du Kuomintang, et mieux qu'un organisateur, un animateur. Chaque fois que le gouvernement de la Cochinchine, soit à l'instigation des ghildes riches, soit de sa propre initiative, intervint contre l'un des membres du parti, on vit apparaître Tcheng-Daï. Il fournit du travail ou de l'argent à ceux que le Gouvernement ou la police s'efforçait d'affamer, permit aux expulsés de rentrer en Chine avec leur famille en donnant les sommes nécessaires. Les membres du parti voyant se fermer devant eux les portes des hôpitaux, il parvint à en créer un nouveau.

Il était alors président de la section de Cholon. Dans l'impossibilité de réunir à l'aide de cotisations les fonds nécessaires, il fit appel aux banques chinoises qui refusèrent tout prêt. Il offrit alors en garantie ses propriétés de Hong-Kong — les deux tiers de sa fortune. Les banques acceptèrent, et la construction de l'hôpital commença. Trois mois après, à la suite d'une manœuvre électorale, la présidence du parti lui était retirée; en même temps, les entrepreneurs lui faisaient savoir que certaines modifications ayant été apportées au devis, ils se voyaient obligés d'augmenter les prix prévus. Les banques refusèrent toute nouvelle avance; de plus, menacées par le gouvernement de la Cochinchine, qui pouvait, dans les vingt-quatre heures, expulser leurs directeurs, elles commencèrent à soulever des difficultés pour le règlement des fonds promis. Tcheng-Daï fit vendre les propriétés qu'il avait données en gage, et l'hôpital s'éleva; mais il fallait l'achever. Une sourde campagne commença contre lui au sein du

Kuomintang; bien qu'il en souffrît, il ne s'arrêta pas; et tandis que dans les restaurants chinois, après la sieste, les agents électoraux en tricots blancs venaient parler confidentiellement de « son attitude bizarre » aux artisans mal réveillés, abrutis de chaleur, il faisait mettre en vente à Canton sa maison familiale. L'hôpital achevé, divers pots-de-vin encore devaient être versés; après avoir pressenti Grosjean, l'antiquaire de Pékin, il se défit de ses rouleaux peints et de sa collection célèbre de jades Sung. Que possédait-il encore ? De quoi vivre très modestement, à peine. Seul entre tous les membres influents du parti, il n'a pas d'auto. C'est pourquoi je l'ai vu passer en pousse, assez satisfait, peut-être, du spectacle d'une pauvreté qui ne permet pas d'oublier sa générosité.

Car sa noblesse, pour être réelle, ne va pas sans habileté. Comme Lau-Yit, comme le général Hsu, il est poète; mais c'est lui qui a fait du boycottage, défense de quelques marchands adroits contre les Japonais, l'arme précise que nous connaissons aujourd'hui. C'est lui qui l'a fait appliquer aux Anglais, lui qui, connaissant le commerce occidental (élève des Pères, il lit, parle et écrit couramment le français et l'anglais), a orienté assez habilement la propagande de Sun-Yat-Sen pour donner confiance aux Anglais; lui qui a fait subordonner les interdictions d'achat au service des renseignements, laissant toujours aux Anglais de Hong-Kong assez d'espoir pour leur permettre d'accumuler des marchandises dont, à un moment choisi, les Chinois se détournent tout à coup.

Mais son autorité est, avant tout, morale. On n'a pas tort, dit Garine, de parler de Gandhi à son sujet. Son action, quoique plus limitée, est du même ordre que celle du Mahatma. Elle est au-dessus de la politique, elle touche l'âme, elle excelle à détacher. Toutes deux agissent par la création d'une légende qui trouble profondément les hommes de leur race. Mais, si les deux actions sont parallèles, les hommes, eux, sont fort différents. Au centre de l'œuvre de Gandhi est le désir douloureux, passionné, d'enseigner aux hommes à vivre; rien de semblable chez Tcheng-Daï. Il ne veut être ni l'exemple ni le chef, mais le conseiller. A la mort de Sun-Yat-Sen, qu'il a assisté aux heures les plus tristes de sa vie, mais sans presque se mêler aux agitations purement politiques, on lui a demandé s'il accepterait de succéder au dictateur en tant que Président du parti. Il a refusé. Il ne craignait pas les responsabilités, mais le rôle d'arbitre lui semble plus noble, plus conforme aussi à son caractère, que tout autre. De plus, il se défendait d'accepter une fonction qui pût occuper toute son activité,

et faire de lui autre chose que ce qu'il voulait
être : le gardien de la Révolution. Sa vie entière
est une protestation morale, et son espoir de
vaincre par la justice n'exprime point autre
chose que la plus grande force dont puisse se
parer la faiblesse profonde, irrémédiable, si
répandue dans sa race.

Et peut-être cette faiblesse est-elle seule susceptible de faire comprendre son attitude présente.
Désire-t-il vraiment, passionnément, depuis des
années, délivrer la Chine du Sud de la domination économique de l'Angleterre ? Oui. Mais,
à défendre et à diriger un peuple d'opprimés
dont la cause était indéniablement juste, il a
pris insensiblement l'habitude de son rôle, et
s'est trouvé, un jour, préférer ce rôle au
triomphe de ceux qu'il défend. Inconsciem-
ment, sans doute, mais avec force. Il est beaucoup plus attaché à sa protestation que décidé
à vaincre; il lui convient d'être l'âme et l'expression d'un peuple opprimé.

Il n'a pas d'enfants. Pas même de fille. Il a
été marié jadis. Sa femme est morte. Il s'est
marié à nouveau. Plusieurs années après, sa
seconde femme est morte, elle aussi. Nul, après
sa mort, ne célébrera pour lui les rites anniver-
saires. Il en éprouve une douleur calme, tenace,
dont il ne parvient pas à se délivrer. Il est
athée, ou croit l'être; mais cette solitude dans

la vie et dans la mort l'obsède. L'héritage de sa gloire, il le léguera à la Chine relevée. Hélas !... Lui, qui fut riche, mourra presque pauvre, et la grandeur de cette mort ira s'éparpiller sur des millions d'hommes. Dernière solitude... Cela, chacun le sait, et aussi que cette solitude le lie plus étroitement chaque jour à la destinée du parti.

« Noble figure de victime qui soigne sa biographie », dit Garine. Tenter lui-même de satisfaire ses désirs lui donnerait l'impression d'une trahison. Dominé à la fois par son tempérament, par une longue habitude et par l'âge, il a oublié jusqu'à la possibilité de tirer les conséquences logiques de son attitude. Entreprendre et diriger une lutte décisive ne s'impose pas plus à lui que ne s'impose à un catholique fervent l'idée de devenir pape. Garine, un jour, a terminé une discussion sur la IIIᵉ Internationale par : « Mais la IIIᵉ Internationale, elle, *a fait* la Révolution. » Tcheng-Daï n'a répondu que par un geste à la fois évasif et restrictif des deux mains levées sur la poitrine, et Garine dit que jamais il n'a compris aussi vivement la distance qui les sépare.

On le croit capable d'action : mais il n'est capable que d'une sorte d'action particulière, de celle qui exige la victoire de l'homme sur lui-même. S'il est parvenu à ériger un hôpital, c'est que les obstacles qu'il a dû surmonter, malgré leur importance, l'ont toujours été par son désintéressement. Il a dû se dépouiller; il l'a fait, et peut-être sans peine, fier de penser que peu d'hommes l'eussent fait. Chez lui, comme chez les chrétiens, l'action s'accorde avec la charité; mais la charité, qui est, chez les chrétiens, compassion, est, chez lui, le sentiment de la solidarité : seuls les Chinois du Parti sont reçus dans son hôpital. La grandeur de sa vie vient d'un dédain du temporel qui donne à ses actes publics un caractère admirable; mais ce dédain, pour être sincère, n'en laisse pas moins la place au sens de son utilisation, et Tcheng-Daï, désintéressé, entend ne point laisser ignorer un désintéressement fort rare en Chine. Ce désintéressement, qui semble avoir été d'abord simplement humain, est devenu, par une subtile comédie, sa raison d'être : il y cherche la preuve de sa supériorité sur les autres hommes. Son abnégation est l'expression d'un orgueil lucide et sans violence, de l'orgueil compatible avec la douceur de son caractère et sa culture de lettré.

Comme tous ceux qui agissent fortement sur les foules, ce vieillard courtois, aux petits gestes mesurés, est hanté. Hanté par cette Justice qu'il croit être chargé de maintenir et qu'il ne distingue plus qu'à demi de sa propre pensée,

par les problèmes que sa défense lui impose,
comme d'autres le sont par la sensualité ou par
l'ambition. Il ne songe qu'à elle; le monde
existe en fonction d'elle; elle est le plus élevé
des besoins de l'homme, et aussi le dieu qui
doit être le premier satisfait. Il a confiance en
elle comme un enfant dans une statue de la
pagode. Le besoin qu'il en avait jadis était profond, humain, simple; elle le domine aujour-
d'hui comme un fétiche. Peut-être est-elle
encore le premier besoin de son cœur : mais
elle est aussi une divinité protectrice sans qui
rien ne saurait être tenté, qu'on ne saurait
oublier sans devoir craindre une sorte de vengeance mystérieuse... Sa grandeur a vieilli avec
lui, et l'on n'en voit plus que le corps exsangue.
Possédé par un dieu déformé bien caché sous
sa douceur, son sourire et ses grâces mandari-
nales, il vit, hors de ce monde révolutionnaire
quotidien auquel nous sommes, dit Garine,
si fortement attachés, dans un rêve de mono-
mane où passent encore des épaves de noblesse;
et cette monomanie augmente son influence
et son prestige. Le sentiment de la justice a
toujours été très puissant en Chine, mais à la
fois passionné et confus; la vie de Tcheng-Daï,
qui déjà prend tournure de légende, son âge
font de lui un symbole. Les Chinois tiennent
à le voir respecter comme ils tiennent à voir

reconnaître les qualités de leur race. Il est provisoirement intangible. Et l'enthousiasme, créé
par la Propagande, dirigé contre l'Angleterre,
ne peut changer sa direction sans perdre sa
force. Il faut qu'il entraîne tout avec lui, mais
il est trop tôt encore...

Pendant le repas, les rapports se sont succédé.
Garine, de plus en plus inquiet, en prend
connaissance dès qu'ils arrivent, et les pose au
pied de sa chaise, les uns sur les autres.

Le monde de vieux mandarins, contrebandiers d'opium ou photographes, de lettrés devenus marchands de vélos, d'avocats de la Faculté
de Paris, d'intellectuels de toute sorte affamés
de considération qui gravite autour de Tcheng-
Daï sait que la Délégation de l'Internationale
et la Propagande maintiennent seules l'état
actuel, soutiennent seules cette immense attaque qui met en échec l'Angleterre, s'opposent
seules avec force au retour de l'état de choses
qu'ils n'ont pas su maintenir, de cette république de fonctionnaires dont les deux piliers
étaient l'ancien mandarin et le nouveau : médecin, avocat, ingénieur. « Le squelette, c'est
nous », disait Garine tout à l'heure. Et il semble, d'après les rapports, que tous, à l'insu peut-
être de Tcheng-Daï qui réprouverait un coup
d'Etat militaire, se soient groupés autour de ce
général Tang dont on n'a pas parlé à Canton,

jusqu'ici, et qui a sur eux la supériorité du courage. Tang a reçu ces jours derniers des sommes considérables. Les agents anglais sont nombreux dans l'entourage de Tcheng-Daï... Comme je m'étonne qu'un tel mouvement puisse se préparer à l'insu du vieillard, Garine me répond, tapotant du doigt la table : « Il ne veut pas savoir. Il ne veut pas engager sa responsabilité morale. Mais je crois qu'il veut bien soupçonner... »

*

2 heures.

A la Propagande, avec Garine, dans le bureau qui m'est destiné. Au mur, un portrait de Sun-Yat-Sen, un portrait de Lénine et deux affiches coloriées : l'une figure un petit Chinois enfonçant une baïonnette dans le derrière rebondi de John Bull les quatre fers en l'air, tandis qu'un Russe en bonnet de fourrure dépasse l'horizon, entouré de rayons, comme un soleil; l'autre représente un soldat européen, armé d'une mitrailleuse, tirant sur une foule de Chinoises et d'enfants qui lèvent les bras. Sur la première, en chiffres européens : 1925 et le caractère chinois : aujourd'hui; sur la seconde, 1900 et le caractère : jadis. Une large fenêtre devant laquelle un store jaune saturé de soleil est baissé. A terre, une pile de journaux chinois qu'un planton vient chercher. Les secrétaires de ce service en tirent toutes les caricatures politiques et les classent avec des résumés des principaux articles. Sur le bureau Louis XVI, réquisitionné, une caricature oubliée, un double sans doute; c'est une main qui porte, imprimé sur chacun de ses doigts : Russes, Etudiants, Femmes, Soldats, Paysans; et, dans la paume : Kuomintang. Garine (serait-il devenu soigneux, lui aussi ?) la froisse et la jette au panier. Au mur, un cartonnier et une porte par laquelle cette pièce communique avec celle où se tient Garine, pleine, elle aussi, de cette lumière tamisée, jaune et dense, que laissent passer les stores. Mais il n'y a pas d'affiches au mur, et le cartonnier est remplacé par le coffre-fort. A la porte, un factionnaire.

Le commissaire à la Police générale, Nicolaïeff, est assis dans un fauteuil, le ventre en avant, les jambes écartées. C'est un homme très gros, dont le visage a cette expression d'aménité que donne aux obèses blonds un nez légèrement retroussé. Il écoute Garine, les yeux fermés, les mains croisées sur le ventre.

« Enfin, dit Garine, tu as lu tous les rapports qui t'ont été envoyés ?

— Jusqu'à cette minute même...

— Bien. A ton avis, Tang va-t-il marcher contre nous ?

— Sans hésiter : voici la liste des Chinois qu'il a l'intention de faire arrêter. Sans parler de toi.

— Penses-tu que Tcheng-Daï soit au courant ?

— Ils veulent se servir de lui, voilà tout... »

Le gros homme s'exprime en français avec un très léger accent. Le ton de la voix — on dirait, malgré la netteté des réponses, qu'il parle à une femme ou qu'il va ajouter : mon cher —, le calme du visage, l'onction de l'attitude font penser à un ancien prêtre.

« Disposes-tu de beaucoup d'agents, à la Secrète ?

— Mais, presque de tous...

— Bien : la moitié des hommes dans la ville pour annoncer que Tang, payé par les Anglais, prépare un coup d'Etat qui doit faire de Canton une colonie anglaise. Milieux populaires, bien entendu. Un quart aux permanences des syndicats : de bons agents. Très important. Le reste, parmi les sans-travail, avec des numéros de la *Gazette de Canton*, pour bien montrer que les amis de Tang ont demandé la suppression de l'indemnité de grève que nous faisons verser.

— Les sans-travail inscrits sont, voyons...

— Laisse le dossier tranquille : vingt-six mille.

— Bon, nous aurons assez d'hommes.

— Plus quelques agents choisis, ce soir, aux réunions du parti, pour insinuer que Tang va être radié, qu'il le sait et qu'il place maintenant son espoir hors du parti. Ça, assez vague.

— Entendu.

— Tu es absolument certain, n'est-ce pas, qu'il est impossible de le faire coffrer, Tang ?

— Hélas !

— Dommage. Il ne perdra rien pour attendre. »

Le gros homme s'en va, son dossier sous le bras. Garine sonne. Le planton apporte un paquet de cartes de visite qu'il pose sur la table en prenant une cigarette dans la boîte, ouverte, de Garine.

« Fais entrer les délégués des syndicats. »

Sept Chinois entrent, l'un derrière l'autre — veste au col fermé et pantalons de toile blanche —, en silence. Des jeunes, des vieux. Ils se placent devant la table, en demi-cercle. L'un des plus âgés s'assied à demi sur le bureau : l'interprète. Tous écoutent Garine :

« Il est probable qu'un coup d'Etat va être tenté contre nous cette semaine. Vous connaissez aussi bien que moi les opinions du général Tang et de ses amis ? Je n'ai pas besoin de vous

rappeler combien de fois notre camarade Borodine a dû intervenir au Conseil pour faire
maintenir le paiement des allocations de grève
à Canton. Vous représentez, avant tout, nos
sans-travail, qui se sont dépensés sans compter,
aux dernières réunions syndicales, pour faire
reconnaître par tous les camarades vos qualités;
je sais que je peux compter sur vous. Voici
d'ailleurs la liste des gens qui, suspects à Tang,
à Tcheng-Daï et à leurs amis, doivent être arrêtés dès le début du mouvement. »

Il leur passe une liste. Ils lisent, puis se
regardent les uns les autres.

« Vous reconnaissez vos noms ? Donc, à partir du moment où vous sortirez de ce bureau... »

A la fin de chaque phrase, l'interprète, d'une
voix sourde, traduit; les autres répondent par un
murmure : litanies.

« ... vous ne devez plus rentrer chez vous.
Chacun de vous restera à la permanence du
syndicat, et y dormira. Pour vous... »

Il désigne trois Chinois.

« ... dont les permanences sont trop éloignées pour être défendues, vous irez, en sortant,
chercher les archives et les apporterez ici. Je
vous ai fait préparer des bureaux. Chacun de
vous donnera à ses piquets de grève[1] des

1. Milices armées des syndicats.

instructions précises : il faut que nous puissions réunir tous nos hommes en une heure. »

Pendant qu'il parlait, il a fait circuler la boîte de cigarettes, qui est revenue sur la table. Il la referme avec un léger claquement et se lève. L'un après l'autre, comme ils sont entrés, les Chinois sortent, lui serrant la main au passage. Il sonne.

« Que celui-là écrive la cause de sa visite, dit-il au planton, en lui rendant l'une des cartes. En attendant, fais entrer Lo-Moï. »

C'est un Chinois de petite taille, rasé, au visage couvert de boutons, qui se place devant Garine, respectueusement, les yeux baissés.

« Dans les derniers déclenchements de grève, à Hong-Kong et ici, trop de discours inutiles. Si les camarades se croient dans un Parlement, ils se trompent ! Et, une fois pour toutes, ces discours-là doivent être soutenus par un objet : si la maison du patron est trop loin, ou si elle est trop moche, ils peuvent toujours avoir son auto sous la main. Je répète, pour la dernière fois, que les orateurs doivent montrer ce qu'ils attaquent. Que je n'aie plus à revenir là-dessus.

Le petit Chinois s'incline et sort. Le planton rentre avec la carte que Garine lui a rendue tout à l'heure, et la lui rend.

« Pour des tanks ? »

Garine hausse les sourcils.

« Enfin, ça regarde Borodine. »

Il écrit sur la carte l'adresse de Borodine et quelques mots (d'introduction, sans doute). On frappe à la porte, deux coups.

« Entrez ! »

Un Européen vigoureux, au visage taché d'une moustache américaine, vêtu du même uniforme kaki d'officier que Garine, pousse la porte.

« Garine, bonjour. »

Il parle français, mais c'est encore un Russe.

« Bonjour, général.

— Eh bien ? Il se décide, M. Tang ?

— Tu es au courant ?

— A peu près. Je viens de voir Boro. Il souffre, ce pauvre garçon, en vérité ! Le docteur dit qu'il craint l'accès.

— Quel docteur : Myroff ou le Chinois ?

— Myroff. Alors, Tang ?

— Deux ou trois jours encore...

— Il n'a que son millier d'hommes ?

— Et ce qu'ils pourront trouver avec leur argent et celui des Anglais. Quinze à dix-huit cents en tout. En combien de temps l'armée rouge[1] peut-elle être ici, au minimum ? Six jours ?

---

1. L'armée rouge cantonaise.

« — Huit. La propagande les a-t-elle travaillées, les troupes de Tang ?

— Très peu : les hommes sont presque tous Honanais et Yunnanais.

— Tant pis. Combien ont-ils de mitrailleuses ?

— Une vingtaine.

— Tu pourras avoir en ville cinq à six cents cadets, Garine, pas plus.

— Dès que l'action sera engagée, vous rappliquerez.

— Nous sommes donc d'accord : dès que les troupes de Tang seront alertées, tu enverras les cadets dont tu disposeras, avec la section de mitrailleuses, et la police derrière. Et nous viendrons par le haut.

— Entendu. »

L'homme s'en va.

« Dis donc, Garine, c'est le chef de l'Etat-Major ?

— Oui : Gallen.

— Ce qu'il peut avoir l'air d'un officier du tsar !

— Comme les autres... »

Nouveau Chinois, cheveux blancs en brosse. Il s'approche, touche le bureau de l'extrémité de ses doigts et attend.

« Vous avez tous vos sans-travail en main ?

— Oui, monsieur.

— Combien pourrait-on en réunir en une demi-heure ?

— Avec quels moyens, monsieur ?

— Moyens rapides. Négligez la question du transport.

— Plus de dix mille.

— Bien. Je vous remercie. »

A son tour, le Chinois aux beaux cheveux blancs s'en va.

« Qu'est-ce que c'est que celui-là ?

— Chef du Bureau des Allocations. Un lettré. Ancien mandarin chassé. Des histoires... »

Il rappelle le planton.

« Envoie tous ceux qui attendent encore chez le commissaire à la Police générale. »

Mais, par la porte entrouverte, un nouveau Chinois vient d'entrer, tranquille, après avoir frappé en passant deux petits coups. Obèse comme Nicolaïeff, rasé, avec une bouche épaisse et un visage sans traits, il sourit largement, découvrant des dents aurifiées, et tient entre ses doigts un énorme cigare. Il parle anglais.

« Le bateau de Vladivostock est arrivé, monsieur Garine ?

— Ce matin.

— Quelle quantité de gazoline ?

— Quinze cents... (suit le nom d'une mesure chinoise que je ne connais pas).

— Quand sera-t-elle livrée ?

— Demain. Le chèque ici même, comme d'habitude.

— Voulez-vous que je le signe immédiatement ?

— Non. Chaque chose en son temps.

— Alors, au revoir, monsieur Garine. A demain.

— A demain. »

« Il nous achète les produits que nous envoie l'U. R. S. S., me dit Garine à mi-voix en français pendant que le Chinois s'en va. L'Internationale n'est pas riche, en ce moment, et les envois de matières premières sont bien nécessaires. Enfin, ils font ce qu'ils peuvent : gazoline, pétrole, armes, instructeurs... »

Il se lève, va jusqu'à la porte, regarde; plus personne. Il revient à son bureau, se rassied et ouvre un dossier : HONG-KONG. Les derniers rapports. Il me passe, de temps à autre, certaines pièces qu'il veut classer à part. Pour avoir moins chaud, j'abaisse la manette qui commande le ventilateur; aussitôt, les feuilles s'envolent. Il arrête le ventilateur, reclasse les feuilles éparses et continue à souligner certaines phrases au crayon rouge. Rapports, rapports, rapports. Pendant que je prépare un résumé de ceux qu'il a choisis, il sort. Rapports...

La grève qui paralyse Hong-Kong ne se main-

tiendra pas plus de trois jours, sous sa forme
actuelle.

Supposons que les ouvriers qui ne rece-
vront plus les secours de grève attendent dix
jours avant de travailler à nouveau : en tout
treize jours. Donc si, avant quinze jours, Borodine n'a pas trouvé un nouveau moyen d'action,
les bateaux anglais seront dans le port de Canton. Hong-Kong se relèvera; tout l'enseignement de cette grève aura été donné en vain. Le
coup porté à Hong-Kong est très dur; les banques ont perdu et perdent encore chaque jour
des sommes énormes; de plus, les Chinois ont
vu que l'Angleterre n'est pas invulnérable.
Mais, à l'heure actuelle, nos subventions et
celles des banques anglaises font vivre une ville
de trois cent mille habitants où personne ne
travaille. De ce jeu, qui se lassera d'abord ?
Nous, nécessairement. Et, du côté de Waitchéou,
l'armée de Tcheng-Tioung-Ming se prépare à
entrer en campagne...

Reste l'interdiction de toucher Hong-Kong
faite à tous les capitaines dont les bateaux doivent se rendre à Canton. Mais il faut pour cela
un décret, et, tant que Tcheng-Daï possédera
la puissance qui est actuellement la sienne, le
décret ne sera pas signé.

Hong-Kong : l'Angleterre. Derrière l'armée
de Tcheng-Tioung-Ming : l'Angleterre. Der-

rière la nuée de sauterelles qui entoure Tcheng-
Daï : l'Angleterre.

*

Quelques livres sont posés sur le bureau :
le dictionnaire sino-latin des Pères, deux livres
anglais de médecine : *Dysentery, Paludism.*
Quand Garine revient, je lui demande s'il est
vrai qu'il ne se soigne pas.

« Mais si, je me soigne ! Bien entendu ! Je ne
me suis pas toujours soigné très sérieusement,
parce que j'avais autre chose à faire, mais cela
n'a pas grande importance : pour guérir, il
faut que je rentre en Europe; je le sais. Je res-
terai là-bas le moins longtemps possible. Mais
comment veux-tu que je m'en aille actuellement ! »

J'insiste à peine : cette conversation l'irrite.
Et le planton vient d'apporter une lettre qu'il
lit attentivement. Puis il me la tend, disant
seulement : « Les mots au crayon rouge sont
écrits par Nicolaïeff. »

C'est une nouvelle liste, semblable à celle
qu'a reçue Garine au début du déjeuner, mais
plus longue : Borodine, Garine, E. Chen, Sun-Fo,
Liao-Chong-Hoï, Nicolaïeff, Sémionoff, Hong,
de nombreux Chinois que je ne connais pas.
Nicolaïeff a ajouté dans le coin, en rouge : *liste*

complète des gens à faire arrêter ET EXÉCU-TER SÉANCE TENANTE. Et il a ajouté au bas, à la plume, rapidement : *ils sont en train de faire graver des proclamations.*

*

A cinq heures, le planton apporte une nouvelle carte. Garine se lève, va jusqu'à la porte et s'efface pour laisser passer Tcheng-Daï. Le petit vieillard entre, s'assied dans le fauteuil, allonge ses jambes, plonge ses mains dans ses manches et regarde Garine retourné derrière son bureau, avec une bienveillance un peu ironique. Mais il se tait.

« Vous désirez me voir, monsieur Tcheng-Daï ? »

Il fait : oui, de la tête, sort lentement ses mains de ses manches et dit, de sa voix faible :

« Oui, monsieur Garine, oui. Je ne crois pas devoir vous demander si vous connaissez les attentats qui se sont succédé ces jours derniers. »

Il parle très lentement, avec soin, l'index levé.

« J'admire trop vos qualités pour penser que vous les ignorez, étant donné les relations constantes que votre fonction vous oblige à tenir avec M. Nicolaïeff...

« Monsieur Garine, ces attentats se succèdent trop. »

Garine répond par un geste qui signifie : « Qu'y puis-je ? »

« Nous nous comprenons, monsieur Garine, nous nous comprenons...

— Monsieur Tcheng-Daï, vous connaissez le général Tang, n'est-ce pas ?

— M. le général Tang est un homme loyal et juste. »

Et, posant lentement la main droite sur le bureau, comme pour souligner ce qu'il dit :

« Je compte obtenir du Comité central des mesures effectives pour réprimer les attentats. Je crois qu'il serait bon de faire mettre en accusation les hommes connus de tous comme chefs de groupes terroristes. Monsieur Garine, je désire savoir quelle sera votre attitude, quelle sera l'attitude de vos amis en face des propositions que je vais présenter. »

Il retire sa main et la replonge dans sa manche.

« Depuis quelque temps, répond Garine, il faut reconnaître, monsieur Tcheng-Daï, que les instructions que vous avez données à vos amis se sont opposées d'une façon rigoureuse — et un peu malencontreuse — à tous nos désirs.

— On vous a trompé, monsieur Garine; sans doute, avez-vous quelques mauvais conseillers,

ou vos informations ont-elles été mal prises ?
Je n'ai donné aucune instruction.

— Disons des indications.

— Pas même... J'ai exposé ma façon de penser, donné mon opinion, c'est tout... »

Il sourit de plus en plus.

« Je suppose que vous n'y voyez pas d'inconvénient ?

— Je fais grand cas de votre opinion, monsieur; mais j'aimerais — nous aimerions — que le Comité en fût informé autrement...

— ... que par ses agents de police, monsieur Garine ? Moi aussi. Il eût pu, par exemple, m'envoyer un de ses membres, une personne qualifiée. Il le pouvait bien certainement. (Il s'incline légèrement.) Et la preuve, c'est que nous sommes ensemble.

— Il y a quelques mois, notre Comité ne se voyait pas obligé de me déléguer pour connaître vos opinions; vous les lui faisiez connaître vous-même...

— La question est donc de savoir si c'est moi qui ai changé, ou si c'est vous... Je ne suis plus jeune homme, monsieur Garine, et vous reconnaîtrez peut-être que ma vie...

— Personne ne songe à contester votre caractère, pour lequel nous avons tous du respect : nous n'ignorons pas ce que vous doit la Chine. Mais... »

Il s'était incliné et souriait. Entendant : *mais*, il se redresse, inquiet, et regarde Garine.

« ... mais vous ne contestez pas, me semble-t-il, la valeur de notre action. Et cependant, vous tentez de l'affaiblir. »

Tcheng-Daï se tait, espérant que le silence gênera Garine, et qu'il continuera à parler. Après un moment, il se décide.

« Peut-être, en effet, est-il souhaitable que notre situation devienne plus nette... Les qualités de certains membres du Comité, et les vôtres en particulier, monsieur Garine, sont éminentes. Mais vous donnez une grande force à un esprit qu'il nous est impossible d'approuver pleinement. Quelle importance vous accordez à l'école militaire de Wampoa ? »

Il écarte les mains, comme un prêtre catholique déplorant les péchés de ses fidèles.

« Je ne suis pas suspect de tenir à l'excès aux vieilles coutumes chinoises; j'ai contribué à les détruire. Mais je crois, je crois fermement, je dirai même : j'ai la conviction, que le mouvement du parti ne sera digne de ce que nous attendons de lui qu'à la condition de rester fondé sur la justice. Vous voulez attaquer ? »

D'une voix encore affaiblie :

« Non... Que les impérialistes prennent toutes leurs responsabilités. Quelques nouveaux assassinats de malheureux feront plus pour la cause de tous que les cadets de Wampoa.

— C'est faire bon marché de leur vie. »

Il rejette la tête en arrière pour regarder Garine, ce qui lui donne l'aspect d'un vieux maître chinois indigné par la question d'un élève. Je le crois en colère, mais rien n'en paraît. Ses mains sont toujours dans ses manches. Pense-t-il à la fusillade de Shameen ? Enfin, il dit, comme s'il exposait la conclusion de ses réflexions :

« Oh ! Moins que de les envoyer se faire fusiller par les volontaires de Hong-Kong, ne trouvez-vous pas ?

— Mais la question ne se pose pas. Vous savez comme moi que la guerre n'aura pas lieu, que l'Angleterre ne peut pas la faire ! Chaque jour démontre à tous les Chinois — et le parti y contribue — la stupidité du bluff européen, le néant d'une force appuyée sur des baïonnettes pendues au mur et des canons bouchés.

— Je n'en suis pas si certain que vous semblez l'être. La guerre ne vous déplairait pas... Elle montrerait à tous votre habileté, qui est remarquable, les qualités d'organisateur de M. Borodine et les qualités guerrières de M. le général Gallen. »

(Quel accent de mépris secret sur le mot : guerrières !...)

« N'est-ce donc pas une chose haute et juste que la délivrance de la Chine entière ?

— Vous êtes bien éloquent, monsieur Garine... Mais nous ne voyons pas cela de la même façon. Vous aimez les expériences. Vous employez, pour les exécuter, comment puis-je dire ?... ce dont vous avez besoin. Il s'agit, en l'occurrence, du peuple de cette ville. Vous l'avouerai-je ? Je préférerais qu'il ne fût pas employé à cette besogne. J'aime à lire des contes tragiques, et je sais les admirer ; je n'aime pas à en contempler le spectacle dans ma propre famille. Si j'osais exprimer ma pensée dans une forme trop violente, qui la dépasse, et employer une expression dont vous vous servez parfois, à propos d'un tout autre objet, je dirais que je ne puis voir sans regret mes compatriotes transformés... en cobayes...

— Il me semble que, si une nation a servi de sujet d'expériences au monde entier, ce n'est pas la Chine, c'est la Russie.

— Sans doute, sans doute... Mais elle avait peut-être *besoin* de cela. Ce besoin, vous l'éprouvez, vous et vos amis. Certes, le danger venu, vous ne le fuirez pas... »

Il s'incline.

« Ce n'est pas — à mon avis, monsieur Garine — une raison suffisante pour l'aller chercher.

« Je veux — je souhaite — que les Chinois soient jugés partout en Chine par des tribunaux chinois, protégés réellement par des gendarmes chinois, qu'ils possèdent en vérité, et non pas en principe, une terre dont ils sont les maîtres légitimes. Mais nous n'avons pas le droit d'attaquer l'Angleterre d'une façon effective, par un acte du Gouvernement. Nous ne sommes pas en guerre. La Chine est la Chine, et le reste du monde est le reste du monde... »

Gêné, Garine ne répond pas tout de suite... Tcheng-Daï reprend :

« Je sais trop à quoi tend cette attaque... Je sais trop qu'elle va contribuer à maintenir le fanatisme qui est venu ici avec vous... »

Garine le regarde.

« Fanatisme dont je ne conteste pas la valeur, mais que je ne puis accepter, à mon grand regret très vif, monsieur Garine. C'est sur la vérité seule que l'on fonde... »

Il écarte les mains, comme s'il s'excusait.

« Croyez-vous, monsieur Tcheng-Daï, que l'Angleterre se soucie de la justice autant que vous ?

— Non... C'est pourquoi nous finirons par la vaincre... sans mesures violentes, sans combat. Avant que cinq ans se soient écoulés, aucun produit anglais ne pourra plus pénétrer en Chine. »

Il pense à Gandhi... Garine, frappant la table du bout de son crayon, répond lentement :

« Si Gandhi n'était pas intervenu — au nom de la justice, lui aussi — pour briser le dernier Hartal, les Anglais ne seraient plus aux Indes.

— Si Gandhi n'était pas intervenu, monsieur Garine, l'Inde, qui donne au monde la plus haute leçon que nous puissions entendre aujourd'hui, ne serait qu'une contrée d'Asie en révolte...

— Nous ne sommes pas ici pour donner de beaux exemples de défaites !

— Soyez remercié d'une comparaison qui m'honore plus que vous ne pouvez croire, mais dont je ne suis pas digne. Gandhi sait racheter par ses propres souffrances les erreurs de ses compatriotes.

— Et les coups de fouet que leur vaut sa vertu.

— Vous êtes passionné, monsieur Garine. Pourquoi vous irriter ? Entre vos idées et les miennes, la Chine choisira...

— C'est à nous de faire de la Chine ce qu'elle doit être ! Mais pourrons-nous le faire si nous ne sommes pas d'accord entre nous, si vous lui enseignez à mépriser ce qui lui est le plus nécessaire, si vous ne voulez pas admettre que ce qu'il faut d'abord, c'est EXISTER !

— La Chine a toujours pris possession de ses

vainqueurs. Lentement, il est vrai. Mais toujours...

« Monsieur Garine, si la Chine doit devenir
autre chose que la Chine de la Justice, celle
que j'ai — modestement — travaillé à édifier;
si elle doit être semblable... »

(Un temps. Sous-entendu : à la Russie.)

« Je ne vois pas la nécessité de son existence.
Qu'il en reste un grand souvenir. Malgré tous
les abus de la dynastie mandchoue, l'histoire
de la Chine est digne de respect...

— Croyez-vous donc que les pages que nous
sommes en train d'en écrire donnent l'impression d'une déchéance ?

— Cinquante siècles d'histoire ne vont pas
sans quelques pages très tristes, monsieur
Garine, plus tristes sans doute que celles dont
vous parlez ne le seront jamais; mais, du moins,
n'est-ce pas moi qui les ai écrites... »

Il se lève, non sans peine, et se dirige vers
la porte à petits pas. Garine l'accompagne; dès
que la porte est refermée, il se tourne vers moi :

« Bon Dieu, Seigneur ! délivrez-nous des
saints ! »

*

Derniers rapports : les officiers de Tang sont
en ville. Rien à craindre pour cette nuit.

« Même dans le domaine des idées, ou plutôt des passions, m'explique Garine pendant que nous dînons, nous ne sommes pas sans force contre Tcheng-Daï. Toute l'Asie moderne est dans le sentiment de la vie individuelle, dans la découverte de la mort. Les pauvres ont compris que leur détresse est sans espoir, qu'ils n'ont rien à attendre d'une vie nouvelle. Les lépreux qui cessaient de croire en Dieu empoisonnaient les fontaines. Tout homme détaché de la vie chinoise, de ses rites et de ses vagues croyances, et rebelle au christianisme, est un bon révolutionnaire. Tu verras cela à merveille par l'exemple de Hong et de presque tous les terroristes que tu auras l'occasion de connaître. En même temps que la terreur d'une mort sans signification, d'une mort qui ne rachète ni ne récompense, naît l'idée de la possibilité, pour chaque homme, de vaincre la vie collective des malheureux, de parvenir à cette vie particulière, individuelle, qu'ils tiennent confusément pour le bien le plus précieux des riches. C'est à ces sentiments que les quelques institutions russes apportées par Borodine doivent leur succès; c'est eux qui poussent les ouvriers à exiger, dans leurs usines, des commissions de contrôle élues, non par vanité, mais pour atteindre le sentiment d'une existence plus réellement humaine... N'est-ce pas un sentiment semblable : celui de posséder une vie particulière, distincte au regard de Dieu, qui fit la force du christianisme ? Qu'il n'y ait pas loin de tels sentiments à la haine, et même au fanatisme de la haine, je le vois tous les jours... Si l'on montre à un coolie l'auto du patron, cela peut avoir plusieurs effets; mais si le coolie a les jambes cassées... Et il y a beaucoup de jambes cassées en Chine... Ce qui est difficile, c'est de transformer les velléités des Chinois en résolutions. Il a fallu leur inspirer confiance en eux-mêmes, et par degrés, afin que cette confiance ne disparût pas après quelques jours; leur montrer leurs victoires, nombreuses et successives, avant de les faire combattre militairement. La lutte contre Hong-Kong, entreprise pour bien des raisons, est excellente pour cela. Les résultats ont été brillants; nous les faisons plus brillants encore. Cette ruine qu'ils voient s'appesantir sur le symbole de l'Angleterre, ils désirent tous y participer. Ils se voient vainqueurs, et vainqueurs sans avoir à supporter les images guerrières auxquelles ils répugnent parce qu'elles ne leur rappellent que des défaites. Pour eux comme pour nous, aujourd'hui c'est Hong-Kong, demain Hankéou, après-demain Shanghaï, plus tard Pékin... C'est l'élan donné par cette lutte qui doit soutenir — et qui soutiendra — notre armée contre Tcheng-Tioung-

Ming, comme c'est lui qui soutiendra l'expédition du Nord. C'est pourquoi notre victoire est nécessaire, pourquoi nous devons empêcher, par tous les moyens, cet enthousiasme populaire qui est en train de devenir une force d'épopée de retomber en poussière au nom de la justice et d'autres fariboles !

— Une telle force, si aisément détruite ?

— Détruite, non. Annihilée, oui. Il a suffi d'une inopportune prédication de Gandhi (parce que des Indiens avaient liquidé quelques Anglais, ah ! là, là !...) pour briser le dernier Hartal. L'enthousiasme ne supporte pas d'hésitation, surtout ici. Ce qu'il faut, c'est que chaque homme sente que sa vie est liée à la Révolution, qu'elle perdra sa valeur si nous sommes battus, qu'elle redeviendra une loque... »

Après un silence, il ajoute :

« Et de plus une minorité résolue... »

Après le dîner, il est allé prendre des nouvelles de Borodine : l'accès de fièvre que craignait le médecin s'est déclaré, et le délégué de l'Internationale, couché, est dans l'impossibilité de lire et de discuter quoi que ce soit. Cette maladie inquiète Garine, et son inquiétude nous a amenés à parler quelques instants de lui-même. A l'une de mes questions, il a répondu :

« Il y a au fond de moi de vieilles rancunes,

qui ne m'ont pas peu porté à me lier à la Révolution...

— Mais tu n'as presque pas été pauvre...

— Oh ! là n'est pas la question. Mon hostilité profonde va bien moins aux possesseurs qu'aux principes stupides au nom desquels ils défendent leurs possessions. Et il y a autre chose : quand j'étais adolescent, je pensais des choses vagues, je n'avais besoin de rien pour avoir confiance en moi. J'ai toujours confiance en moi, mais autrement : aujourd'hui, il me faut des preuves. Ce qui me lie au Kuomintang... »

Et, posant sa main sur mon bras : « C'est l'habitude, mais c'est surtout le besoin d'une victoire commune... »

Le lendemain.

L'action des terroristes est toujours violente. Hier, un riche commerçant, un juge et deux anciens magistrats ont été assassinés, les uns dans la rue, les autres chez eux.

Tcheng-Daï doit demander demain au Comité exécutif l'arrestation immédiate de Hong et de tous ceux qui sont tenus pour les chefs des sociétés anarchistes et terroristes.

Le lendemain.

« Les troupes de Tang sont réunies. »

A peine avons-nous commencé de déjeuner. Aussitôt, nous partons. L'auto file à toute vitesse le long du fleuve. Dans la ville, on ne voit rien encore. Mais à l'intérieur des maisons devant lesquelles nous nous arrêtons, les équipes de mitrailleurs sont prêtes. Dès que nous sommes passés, la police régulière du quai et les piquets de grève chassent la foule et arrêtent toute circulation sur les ponts, près desquels s'installent les batteries de mitrailleuses. Les troupes de Tang sont de l'autre côté du fleuve.

A la Propagande, devant le bureau de Garine, nous attendent Nicolaïeff et un jeune Chinois dépeigné, au visage assez beau : Hong, le chef des terroristes. C'est seulement lorsque j'entends son nom que je remarque la longueur de ses bras, cette longueur un peu simiesque dont m'a parlé Gérard. Déjà de nombreux agents sont dans le couloir : ceux qui, postés devant les maisons de nos amis suspects à Tang, avaient pour mission de nous prévenir dès que se présenteraient les patrouilles chargées des arrestations. Ils disent qu'ils viennent de voir les soldats pénétrer de force dans les maisons, furieux de ne pas trouver ceux qu'ils cherchent, emmener des femmes, des domestiques... Garine les fait taire. Puis, il demande à chacun où il se trouvait, et note, sur le plan de Canton, les lieux visités par les patrouilles.

« Nicolaïeff ?

— Oui.

— Descends. Un message à Gallen. Toi-même, hein ! Puis un agent en auto dans toutes les permanences : que chaque syndicat envoie cinquante volontaires contre chaque patrouille. Les patrouilles vont remonter vers le fleuve. Les volontaires sur le quai. Deux postes de cadets pour les diriger, avec une mitrailleuse chacun. »

Nicolaïeff part en hâte, essoufflé, secouant lourdement son gros corps. Il y a maintenant dans le couloir une foule d'agents qu'un officier cantonais et un Européen de haute taille (Klein, me semble-t-il... mais il est dans l'ombre) interrogent rapidement avant de les laisser arriver jusqu'à Garine. Un autre officier cantonais, très jeune, traverse en jouant des épaules cette masse blanche de personnages en costume de toile ou en robes.

« Je pars, monsieur le Commissaire ?

— Entendu, colonel. Vous recevrez les messages à hauteur du pont n° 3. »

Il lui remet un plan où sont notés en rouge

les lieux où se trouvaient les patrouilles, le point de départ de Tang et les routes qu'il peut suivre. La barre bleue du fleuve coupe la ville : là, comme toujours à Canton, se livrera le combat. Je me souviens de la phrase de Gallen : « Les tenailles. S'ils ne passent pas les ponts de bateaux, ils sont fichus... »

Un jeune secrétaire, en courant, apporte des notes.

« Attendez, colonel ! voici la note de la Sûreté : Tang a quatorze cents hommes.

— Moi, cinq cents seulement.

— Gallen me disait six ?

— Cinq. Vous avez des guetteurs le long du fleuve ?

— Oui. Aucun danger d'être tournés.

— Bon. Les ponts, nous les tiendrons. »

L'officier s'en va, sans rien ajouter. Dans le brouhaha, nous entendons le grincement de son auto qui démarre et son klaxon qui s'éloigne en fonctionnant sans arrêt. Chaleur, chaleur. Nous sommes tous en manches de chemise; nos vestons sont jetés les uns sur les autres, dans un coin.

Encore une note : copie d'une note de Tang : « *Objectifs : Banques, Gare, Poste* », lit à haute voix Garine. Il continue à lire, mais sans parler, puis reprend : « Il faut d'abord qu'ils passent le fleuve...

— Garine, Garine ! Les troupes de Feng-Lia-Dong... »

C'est Nicolaïeff qui revient, épongeant son large visage avec son mouchoir, les cheveux mouillés, les yeux roulant comme des billes.

« ... se joignent à celles de Tang ! Les routes de Wampoa sont coupées.

— Sûr ?

— Sûr. »

Et, à voix plus basse : « Jamais nous ne pourrons tenir tout seuls... »

Garine regarde le plan étendu sur la table. Puis, il hausse nerveusement les épaules et va jusqu'à la fenêtre.

« Il n'y a pas trente-six choses à faire... »

A pleine voix :

« Klein ! » Plus bas : « Hong, file à la permanence des chauffeurs et ramène une cinquantaine de types. »

Et, revenant à Nicolaïeff :

« Télégraphe ? Téléphone ?

— Coupés, naturellement. »

Klein entre.

« Quoi ?

— Feng nous plaque et coupe Wampoa. Prends une patrouille de gardes et des agents. Réquisitionne — en vitesse — tout ce que tu pourras trouver comme autos. Dans chaque bagnole, un agent et un chauffeur. (Tu trouve-

ras les chauffeurs en bas, Hong est allé les chercher.) Qu'ils circulent dans toute la ville — sans
passer les ponts — et qu'ils envoient ici le plus
possible de sans-travail et de grévistes. Passe aux
permanences. Que les militants nous envoient
tous les hommes dont ils pourront disposer.
Et arrange-toi pour atteindre le colonel et lui
dire qu'il te donne cent cadets.

— Il va gueuler.

— Plus le choix, idiot ! Ramène-les toi-
même. »

Klein part. Dans le lointain, un bruit de fusillade commence...

« Maintenant, gare à l'embouteillage ! S'il
en vient seulement trois mille pour commencer... »

Il appelle le cadet qui, tout à l'heure, avec
Klein, interrogeait les agents avant de les laisser entrer :

« Envoyez un secrétaire à la permanence des
gens de mer. Trente coolies tout de suite. »

Encore une auto qui part. Je jette un coup
d'œil à la fenêtre : une dizaine d'autos sont
devant la Propagande, avec leurs chauffeurs,
et attendent. Chaque secrétaire qui part en
prend une; l'auto sort en grinçant de la grande
ombre oblique du bâtiment et disparaît dans
une poussière pleine de soleil. On n'entend plus
de coups de feu, mais, pendant que je regarde,

j'entends la voix d'un homme qui dit à Garine, derrière moi :

« Trois patrouilles sont prisonnières. Les trois envoyés des sections attendent.

— Fusillez les officiers. Quant aux hommes... où sont-ils ?

— Aux permanences.

— Bon. Désarmés, menottes. Si Tang passe les ponts, fusillés. »

Au moment où je me retourne, l'homme qui parlait sort; mais il rentre aussitôt :

« Ils disent qu'ils n'ont pas de menottes.

— Au diable ! »

La sonnerie du téléphone intérieur.

« Allô ? Capitaine Kovak ? Le Commissaire à la Propagande, oui ! Elles flambent ? Combien de maisons ? De l'autre côté du fleuve ?... Laissez-les flamber... »

Il raccroche.

« Nicolaïeff ? Quelle garde devant la maison de Borodine ?

— Quarante hommes.

— Pour l'instant, ça suffit. Il y a une civière chez lui ?

— J'en ai fait porter une tout à l'heure.

— Bon. »

Il regarde à son tour par la fenêtre, serre les poings et, s'adressant de nouveau à Nicolaïeff :

« Voilà le cafouillage qui commence... Descends. D'abord, les autos sur une seule ligne, les unes derrière les autres. Ensuite, un barrage et les sans-travail en rangs. »

Nicolaïeff, déjà en bas, se démène, agite les bras, en raccourci, le visage sous son casque blanc. Les autos, avec fracas se déplacent, se rangent. Deux ou trois cents hommes en loques attendent, à l'ombre, presque tous accroupis. Il en arrive de nouveaux de minute en minute. Ils questionnent les premiers, l'air abruti, et s'accroupissent derrière eux, pour être eux aussi à l'ombre. J'entends derrière moi :

« Le premier et le troisième ponts de bateaux ont été attaqués.

— Etais-tu là ?

— Oui, Commissaire, au troisième.

— Alors ?

— Ils n'ont pas tenu devant les mitrailleuses. Maintenant, ils préparent des sacs de sable.

— Bon.

— Le colonel m'a donné cette note pour vous. »

J'entends l'enveloppe qu'on déchire.

« Des hommes ? oui, oui ! dit encore Garine, avec exaspération. Et, à voix basse : Il a peur de ne pas tenir le coup. »

En bas, les loqueteux sont de plus en plus nombreux. A la limite de la ligne d'ombre, des disputes se produisent.

« Garine, il y a au moins cinq cents types en bas.

— Toujours personne, de la permanence des gens de mer ?

— Personne, Commissaire ! répond le secrétaire.

— Tant pis. »

Il fait remonter le store, et, par la fenêtre, appelle :

« Nicolaïeff ! »

Le gros homme lève la tête, montrant ainsi son visage, et vient sous la fenêtre.

Garine lui jette un paquet de brassards qu'il a pris dans le tiroir de son bureau :

« Prends trente bonshommes, fous-leur à chacun un brassard et commence la distribution des armes. »

Il revient.

On entend la voix de Nicolaïeff, d'en bas :

« Les clefs, bon Dieu ! »

Garine prélève sur un trousseau une petite clef et la jette par la fenêtre : le gros homme la reçoit dans ses mains réunies en coupe. A l'extrémité de la route apparaissent des ambulanciers, qui portent des blessés couchés sur des civières.

« Deux gardes rouges au bout de la rue, bon Dieu ! Pas de blessés par ici en ce moment ! »

Fatigué par la réverbération du soleil sur la poussière de la rue et sur les murs, je me retourne

un instant. Tout est brouillé. Taches de couleurs des affiches de propagande collées au mur,
ombre de Garine qui marche de long en large...
Mes yeux, rapidement, s'accoutument à l'ombre. Ces affiches, en ce moment, prennent vie...
Garine revient à la fenêtre.

« Nicolaïeff ! Rien que des fusils !

— Bon. »

La foule des sans-travail, de plus en plus
dense, encadrée par des agents de police en uniforme et un piquet de grève envoyé sans doute
par Klein, avance, en pointe, vers la porte :
les fusils sont dans la cave. Foule immense,
toujours protégée par l'ombre. Arrivent dans
le soleil, en rangs, une vingtaine d'hommes
porteurs de brassards, conduits par un secrétaire.

« Garine, de nouveaux types avec des brassards ! »

Il regarde.

« Les coolies des gens de mer. Ça va. »

Silence. Dès que nous attendons quelque
chose, nous retrouvons la chaleur, comme une
plaie. En bas, une faible rumeur; murmures,
socques, inquiétude, la cliquette d'un marchand ambulant, les cris d'un soldat qui le
chasse. Devant la fenêtre, la lumière. Calme
plein d'anxiété. Le ton rythmé, de plus en plus
net, de la marche des hommes qui arrivent,

au pas; le claquement brutal de la halte. Silence. Rumeur... Un seul pas, dans l'escalier. Le secrétaire.

« Les coolies des gens de mer sont là, Commissaire. »

Garine écrit et plie la feuille.

Le secrétaire tend la main.

« Non ! »

Il froisse le papier et l'envoie dans la corbeille.

« J'y vais. »

Mais voici de nouveaux secrétaires porteurs de papiers. Il lit : « Hong-Kong, plus tard ! » et jette les rapports dans un tiroir. Entre un cadet.

« Commissaire, le Colonel demande des hommes.

— Dans un quart d'heure.

— Il demande combien il en aura. »

Nous regardons encore par la fenêtre : maintenant la foule s'étend jusqu'à l'extrémité de la rue — toujours limitée par la ligne d'ombre —, agitée de lents mouvements qui s'y perdent, comme dans l'eau.

« Au moins quinze cents. »

Le secrétaire attend encore. Garine, de nouveau, écrit et, cette fois, lui remet l'ordre.

Encore la sonnerie du téléphone intérieur.

« ...

— Mais quels émeutiers ? bon sang !

— ...

— Tu devrais le savoir !

— ...

— Oui, enfin, comment sont-ils arrivés ?

— ...

— Plusieurs banques ? Bon. Laisse-les attaquer. »

Il raccroche et quitte la pièce.

« Je te suis ?

— Oui », répond-il, déjà dans le corridor.

Nous descendons. Des hommes à brassards, choisis tout à l'heure par Nicolaïeff, apportent de la cave des fusils que leurs camarades distribuent sur le perron aux sans-travail, presque en rangs; mais les coolies des gens de mer sont remontés avec des caisses de cartouches; les hommes armés se mêlent aux autres, qui veulent passer et prendre des cartouches avant d'avoir obtenu un fusil... Garine crie en mauvais chinois; on ne l'entend pas. Il vient alors devant la caisse ouverte et s'assied dessus. La distribution cesse. Le mouvement s'arrête; des derniers rangs viennent des questions... Il fait vivement reculer les hommes sans armes, placer devant eux les hommes armés. Ceux-ci, par trois, reçoivent, en passant devant la caisse, leurs munitions, avec une inquiétante lenteur... Dans la cave, les coolies ouvrent de nouvelles caisses,

à grands coups de ciseau et de marteau... Et un
bruit militaire de pas, comme tout à l'heure,
arrive jusqu'à nous. Nous ne voyons rien à
cause de la foule. Garine saute sur le perron
et regarde :

« Les cadets ! »

Ce sont, en effet, les cadets que ramène
Klein. Des coolies reviennent de la cave, aha-
nant, l'épaule écrasée par le large bambou où
sont suspendues de nouvelles caisses de cartouches... Klein est devant nous.

« Deux cadets pour te seconder, lui dit
Garine. Tous les hommes arrivés et pourvus
de munitions à vingt mètres en avant. Les hommes armés sans munitions à dix mètres. Une
caisse et trois hommes entre les deux pour la
distribution. »

Et, quand tout cela est fait, sans cris, dans
une poussière âcre et dense, rayée de soleil :

« Maintenant, les fusils d'abord, les munitions trois mètres plus loin. Les cadets tout à
fait en avant. Faites ranger les hommes par dix.
Un chef par rang; militant s'il y en a, sinon
le premier du rang. Chaque cadet prend cent
cinquante hommes et file au quai demander
les instructions du colonel. »

Nous remontons, et notre premier regard est
encore pour la fenêtre : la rue est maintenant
envahie; au soleil comme à l'ombre, des ora-

teurs, juchés sur les épaules de leurs compagnons, hurlent... On entend le bruit éloigné
des mitrailleuses. Là-bas, un premier groupe
armé s'en va au pas gymnastique, surveillé par
un cadet.

Et l'exaspération passive, la tension de tous
les nerfs qui ne trouve plus d'autre objet que
l'attente, commence. Attendre. Attendre. Sous
la fenêtre, les sections, une à une, se constituent
et s'en vont, dans un bruit de pas. Des pièces qui concernent Hong-Kong sont apportées. Garine les jette dans un tiroir. On entend
toujours le son de toile déchirée des mitrailleuses et, de temps à autre, des rafales isolées de
coups de fusil; mais tout cela est lointain et
rejoint presque dans notre esprit les salves de
pétards que nous entendions hier. Nous tenons
toujours les ponts. Cinq fois, les troupes de
Tang ont essayé de passer, mais n'ont pu fran-
chir les têtes de pont sur lesquelles nos mitrailleuses tirent à feux croisés. Chaque fois, un
cadet apporte une note : « Attaque pont n°...
repoussée. » Et nous recommençons à attendre,
Garine marchant de long en large ou couvrant
son buvard de lourds dessins fantastiques pleins
de courbes, moi regardant, par la fenêtre toujours semblable, l'organisation des sections.
Deux indicateurs sont venus après avoir franchi
le fleuve à la nage : de l'autre côté des ponts, on

pille et on brûle. Tendue au-dessus de la rue, une très légère fumée atténue l'éclat du ciel très calme.

*

Garine et moi filons en auto vers le quai. Personne dans les rues. Les rideaux de fer des riches boutiques sont abaissés, les échoppes sont fermées par des planches. Lorsque nous passons, des figures apparaissent aux fenêtres, derrière une toile tendue ou un lit dressé, et s'effacent aussitôt. Au coin d'une rue disparaît une femme aux petits pieds qui court, un enfant dans les bras, un enfant sur le dos.

Halte à quelques mètres du quai, dans une rue parallèle, pour échapper au feu des ennemis qui tirent de l'autre rive. Le colonel s'est établi dans une maison peu éloignée du pont principal. Dans la cour, des officiers et des enfants. Au premier étage, une table sur laquelle le plan de Canton est étendu; contre la fenêtre, trois lits de bois dressés ne laissent entre eux qu'une étroite meurtrière où passe un rai de soleil qui fait sur le genou du colonel une tache pointue.

« Eh bien ?

— Avez-vous reçu cela ? » demanda le colonel, tendant une note.

La note est en chinois : Garine et moi lisons ensemble. Il semble comprendre à peu près; néanmoins je traduis, à mi-voix : le général Gallen attaque les troupes de Feng qui nous séparent et marche vers la ville; le commandant[1] Tchang Kaï-chek, parti avec les meilleures sections de mitrailleuses, va prendre à revers les troupes de Tang.

« Non. C'est arrivé depuis mon départ, sans doute. Vous êtes sûr de tenir, ici ?

— Naturellement.

— Gallen va bousculer Feng comme un tas de poussière. Avec l'artillerie, c'est certain. Pensez-vous que les troupes de Feng se replient sur la ville ?

— C'est probable.

— Bon. Avez-vous assez d'hommes, maintenant ?

— Plus qu'il n'en faut.

— Pouvez-vous me donner dix mitrailleuses et un capitaine ? »

Le colonel lit quelques notes.

« Oui.

— Je fais barricader les rues et établir à l'entrée des nids de mitrailleuses. Si les troupes battues tombent dessus, elles prendront la campagne.

---

1. Commandant l'école des Cadets.

— Je le crois. »

Il donne un ordre à son officier d'ordonnance, qui part en courant. Nous prenons congé, frappés l'un après l'autre par le rayon que projette la meurtrière. La fusillade, dehors, est calme.

En bas, vingt cadets nous attendent, abattus comme des mouches, sur deux autos : serrés dans les sièges, accrochés aux garde-boue, assis dans la capote, debout sur les marchepieds. Le capitaine monte avec nous. Les autos démarrent et filent, secouant les cadets à chaque caniveau.

De nouveaux rapports, sur le bureau, attendent Garine qui les regarde à peine. Il donne au capitaine la direction des sections qui continuent à se former : dans la rue que le soleil maintenant plus bas emplit d'ombre, on ne voit que des têtes.

« Pour les barricades, réquisitionnez ! »

Laissant Nicolaïeff à l'organisation et à l'armement des sections, Klein descend de nouveau au sous-sol, suivi de vingt cadets; le groupe remonte et reparaît dans le couloir, confus, hérissé çà et là des rais brillants que fait la lumière sur les canons des mitrailleuses. Et, de nouveau, des autos s'en vont avec un fracas d'embrayage et de klaxons, débordant de soldats secoués et laissant entre les traces des roues des casquettes kaki, épaves.

Deux heures d'attente. De temps à autre,

nous recevons un nouveau rapport... Une seule alerte : vers quatre heures, l'ennemi avait emporté le deuxième pont. Mais presque aussitôt, la ligne d'ouvriers armés placés partout à l'arrière du quai, arrêtant le corps de Tang, a donné à notre section mobile de mitrailleuses le temps d'arriver, et nous avons reconquis le pont. Puis, dans les ruelles parallèles au quai, on a fusillé.

Vers cinq heures et demie, les premiers fuyards de la division de Feng arrivent. Reçus par les mitrailleuses, ils reprennent la campagne aussitôt.

Inspection de nos postes. L'auto s'arrête à quelque distance; nous allons à pied, Garine, un secrétaire cantonais et moi, jusqu'à l'extrémité de ces rues dont la perspective est coupée à mi-hauteur par des barricades basses, faites de poutres et de lits de bois. Derrière elles, les mitrailleurs fument de longs cigares indigènes et jettent de temps à autre un coup d'œil par les meurtrières. Garine regarde en silence. A cent mètres des barricades, les ouvriers armés par nous attendent, accroupis, causant ou écoutant des discours des sous-officiers improvisés, militants de syndicats porteurs de brassards.

Et, dès notre retour à la Propagande, l'attente recommence. Mais ce n'est plus une attente anxieuse. Au dernier des postes que nous inspections, un secrétaire a rejoint Garine et lui a apporté un message de Klein : le commandant Tchang Kaï-chek a forcé les barrages de Tang, et les troupes de ce dernier, débandées elles aussi, tentent de gagner la campagne. La fusillade, qui a cessé du côté des ponts, continue, nourrie, comme une grêle lointaine, sur l'autre rive; de temps à autre, on entend éclater des grenades, comme d'énormes pétards. La bataille s'éloigne rapidement, aussi rapidement que tombe la nuit. Pendant que je dîne dans le bureau de Nicolaïeff, en classant les derniers rapports de Hong-Kong, des lumières s'allument; et la nuit tout à fait venue, je n'entends plus que des détonations isolées, perdues...

Lorsque je redescends au premier étage, une rumeur de paroles et des bruits d'armes viennent, par les fenêtres, de la rue nocturne. Près des autos, dans la lumière triangulaire des phares, des silhouettes de cadets se croisent, noires, rayées de barres qui brillent : des armes. Un bataillon de Tchang Kaï-chek est déjà dans la rue. On ne distingue rien hors des faisceaux lumineux des phares, mais on sent qu'en bas une foule mouvante anime l'ombre, avec le besoin de parler haut qui suit les combats.

Garine, assis derrière son bureau, mange une longue flûte de pain grillé qui craque entre ses dents et parle au général Gallen qui l'écoute en marchant à travers la pièce.

« ... Je ne peux pas donner, dès maintenant, des conclusions. Mais, d'après les quelques rapports que j'ai déjà reçus, je peux affirmer ceci : il y a partout des îlots de résistance; il y a dans la ville la possibilité d'une nouvelle tentative semblable à celle de Tang.

— Il est pris, Tang ?

— Non.

— Mort ?

— Je ne sais pas encore. Mais aujourd'hui c'est Tang, demain ce sera un autre. L'argent de l'Angleterre est toujours là, et celui des financiers chinois aussi. On lutte ou on ne lutte pas. Mais... »

Il se lève, souffle sur le bureau, secoue ses vêtements pour en chasser les miettes de pain, va au coffre-fort, l'ouvre et en tire un tract qu'il donne à Gallen.

« ... voici l'essentiel.

— Hein ! cette vieille crapule !...

— Non. Il ignore certainement l'existence de ces tracts. »

Je regarde par-dessus l'épaule de Gallen : le tract annonce la constitution d'un nouveau gouvernement, dont la présidence aurait été offerte à Tcheng-Daï.

« On sait qu'on peut nous l'opposer. Contre

toute notre propagande, il y a son influence.

— Tu as ce tract depuis longtemps ?

— Une heure.

— Son influence... Oui, il fait pôle. Tu ne trouves pas que tout a assez duré ? »

Garine réfléchit :

« C'est difficile...

« D'autant plus que je commence à me méfier de Hong... il se mêle maintenant de faire descendre, de sa propre autorité, des gens qui ont fait au parti des dons considérables...

— Remplace-le.

— Ça demande réflexion : il a de grandes qualités et le moment est mal choisi. Et puis, s'il cesse d'être avec nous, il sera contre nous.

— Et après ?

— Il ne peut rien sans nous de façon durable; les terroristes sont toujours imprudents, toujours mal organisés... mais pendant quelques jours... »

Le lendemain.

« Naturellement ! » dit Garine en entrant dans son bureau, ce matin, et en voyant de hautes piles de rapports. « Après les histoires, c'est toujours comme ça... » Et nous nous remettons au travail. Une activité furieuse apparaît à travers tous ces rapports que nous mettons en ordre comme des choses mortes. Désirs, volontés d'avant-hier et d'hier, violence d'hommes dont je sais seulement qu'ils sont morts ou en fuite. Et espoir d'autres hommes qui veulent, demain, tenter ce que Tang n'a pas été capable de réussir.

Garine travaille en silence et réunit tous les documents — ils sont nombreux — qui concernent Tcheng-Daï. Quelquefois, en choisissant ou annotant une pièce au crayon rouge, il dit seulement, à mi-voix : « Encore. » Vers ce vieillard s'orientent tous nos ennemis. Tang, qui croyait passer les ponts assez vite pour s'emparer des armes réunies à la Propagande, voulait lui confier la présidence du nouveau gouvernement. Tous ceux que l'action gêne ou inquiète, tous ceux qui vivent de lamentations, réunis autour des chefs des sociétés politiques secrètes, vieillards qui ont jadis collaboré avec Tcheng-Daï, forment une masse à qui sa vie, à lui Tcheng, donne une sorte d'ordre...

Et voici les rapports de Hong-Kong : Tang a gagné la ville. L'Angleterre, qui sait combien les fonds de la Propagande sont peu élevés, reprend courage. Je comprends, mieux peut-être que lorsque j'étais à Hong-Kong même, ce qu'est cette guerre nouvelle où les canons sont remplacés par des mots d'ordre, où la ville

battue n'est pas livrée aux flammes, mais à ce
grand silence des grèves d'Asie, à ce vide inquiétant des villes abandonnées où quelque
silhouette furtive disparaît avec un claquement assourdi de socques solitaires... La victoire n'est plus dans un nom de bataille, mais
dans ces graphiques, dans ces rapports, dans la
baisse du prix des maisons, dans les demandes
de subventions, dans la floraison des plaques
blanches qui remplacent peu à peu, à l'entrée
des buildings de Hong-Kong, les raisons socia-
les des Compagnies... L'autre guerre, l'ancienne,
se prépare elle aussi : l'armée de Tcheng-Tioung-
Ming est entraînée sous la direction d'officiers
anglais.

« De l'argent, de l'argent, de l'argent !
disent, l'un après l'autre, les rapports. Nous
allons être obligés de cesser le paiement des
allocations de grève... » Et Garine, en face de
chaque demande, trace nerveusement un D
majuscule : le décret. Nombre de compagnies
cantonaises, qu'il ruinerait sans espoir et qui
ont proposé naguère à Borodine des sommes élevées, se sont tournées vers les amis de Tcheng-
Daï... Vers onze heures, il s'en va.

« Il faut absolument décrocher ce décret.
Si Gallen vient, tu lui diras que je suis chez
Tcheng-Daï. »

*

Je travaille ensuite avec Nicolaïeff. Ce chef
de la Sûreté est un ancien agent de l'Okhrana,
dont Borodine connaît le dossier, aujourd'hui à
la Tchéka. Affilié aux organisations terroristes
avant la guerre, il fit arrêter nombre de militants. Il était fort bien renseigné, car il joignait
à ses propres indications celles de sa femme,
terroriste sincère et respectée, qui mourut de
façon singulière. Diverses circonstances éloignè-
rent de lui la confiance de ses camarades, sans
permettre néanmoins la naissance d'une opinion assez ferme pour justifier son exécution.
Dès lors, l'Okhrana le tint pour brûlé et ne le
paya plus. Il était incapable de travailler. Il
erra de misère en misère, fut guide, marchand
de photos obscènes... Périodiquement, il implo-
rait la police qui lui envoyait quelque argent
pour le secourir; il vivait écœuré de lui-même,
à vau-l'eau, lié cependant à cette police par une
sorte d'esprit de corps. En 1914, sollicitant cinquante roubles — ce fut sa dernière demande
—, il dénonçait, comme pour s'acquitter, sa voisine, vieille femme qui cachait des armes...

La guerre le délivra. Il quitta le front en
1917, finit par échouer à Vladivostok, puis à
Tien-Tsin où il s'embarqua, en qualité de

laveur, sur le bateau qui partait pour Canton.
Il reprit ici son ancienne profession d'indicateur, et sut montrer assez d'habileté pour que
Sun-Yat-Sen lui confiât, quatre ans plus tard,
un des postes importants de sa police secrète.
Les Russes semblent avoir oublié son ancienne
profession.

Pendant que j'achève de mettre en ordre
le courrier de Hong-Kong, il étudie la répres-
sion du soulèvement d'hier. « Alors comprends-
tu, mon petit, je choisis la plus grande salle.
Elle est grande, très grande. Donc, je m'assieds
dans le fauteuil présidentiel, seul, tout seul,
sur l'estrade; tout seul, tu comprends bien ? Il y
a seulement un greffier dans un coin et derrière
moi, six gardes rouges qui ne comprennent que
le cantonais, revolver au poing, bien sûr. Quand
le type entre, il fait souvent claquer ses talons
(il y a des hommes courageux, comme dit ton
ami Garine); mais quand il sort, il ne fait jamais
claquer ses talons. S'il y avait là des gens, du
public, je n'obtiendrais jamais rien : les accu-
sés tiendraient tête. Mais quand nous sommes
tout seuls... Tu ne peux pas comprendre cela :
tout seuls... » Et, avec un sourire mou, un sourire de gros vieillard excité regardant une petite
fille nue, il ajoute, plissant les paupières : « Si
tu savais comme ils deviennent lâches... »

*

Lorsque je rentre pour déjeuner, je trouve Garine en train d'écrire.

« Un instant, j'ai presque fini. Il faut que je note cela tout de suite, sinon je l'oublierais. C'est ma visite à Tcheng-Daï. »

Après quelques minutes, j'entends le bruit que fait la plume lorsqu'on tire un trait. Il repousse ses papiers.

« Il paraît que sa dernière maison est vendue. Il loge chez un photographe pauvre, et c'est sans doute pour cela qu'il a préféré venir me voir, l'autre jour. On me fait entrer dans l'atelier, une petite pièce pleine d'ombre. Il avance le fauteuil et s'assied sur le divan. Quelque part, dans une cour, un marchand de lanternes martèle du fer-blanc — ce qui nous oblige à parler très haut. D'ailleurs, tu n'as qu'à lire... »

Il me tend ses papiers.

« Commence à : Mais sans doute... T. D., c'est lui, G., c'est moi, évidemment. Ou plutôt non : je vais te lire ça; tu ne pourrais pas comprendre les indications qui sont en abrégé. »

Il incline la tête, mais, au moment de lire, ajoute :

« Je te fais grâce des inutiles boniments du

début. Mandarinal et distingué, comme d'habitude. Quand je l'ai mis au pied du mur en lui demandant s'il votera, oui ou non, le décret :

« Monsieur Garine, dit-il (Garine imite presque la voix faible, mesurée et un peu doctorale du vieillard), voulez-vous me permettre de vous « poser quelques questions ? Je sais que ce n'est « point l'usage...

« — Je vous en prie.

« — Je voudrais savoir si vous vous souvenez « du temps où nous avons créé l'école militaire.

« — Fort bien.

« — Peut-être n'avez-vous pas oublié, en ce « cas, que lorsque vous avez bien voulu venir « me trouver, me faire connaître votre projet, « vous m'avez dit — vous m'avez affirmé — que « cette école était fondée pour permettre au « Kouang-Ton de se défendre.

« — Eh bien ?

« — De se défendre. Vous vous souvenez « peut-être que je suis allé avec vous, avec le « jeune commandant Tchang Kaï-chek, chez « les personnes notables. J'y suis même allé « seul parfois. Des orateurs m'ont injurié, m'ont « qualifié de militariste, moi !... Je sais qu'une « vie honorable n'échappe pas aux injures, et « je les dédaigne. Mais j'ai dit à des hommes di- « gnes de respect, de considération, qui avaient « placé en moi leur confiance : « Vous voulez

« bien croire que je suis un homme juste. Je
« vous demande d'envoyer votre enfant —
« votre fils — à cette école. Je vous demande
« d'oublier ce que la sagesse de nos ancêtres
« nous a enseigné : l'infamie du métier mili-
« taire. » Monsieur Garine, ai-je dit cela ?

« — Qui le conteste ?

« — Bien. Cent vingt de ces enfants sont
« morts. Trois d'entre eux étaient fils uniques.
« Monsieur Garine, qui est responsable de ces
« morts ? Moi. »

« Les mains dans les manches, il s'incline profondément et se relève en disant :

« — Je suis un homme âgé, j'ai depuis long-
« temps oublié les espoirs de ma jeunesse — un
« temps où vous n'étiez pas né, monsieur Ga-
« rine. Je sais ce qu'est la mort. Je sais qu'il
« est des sacrifices nécessaires... De ces jeunes
« hommes, trois étaient fils uniques — fils
« uniques, monsieur Garine — et j'ai revu
« leurs pères. Tout jeune officier qui ne tombe
« pas pour défendre sa province menacée meurt
« en vain. Et j'ai conseillé cette mort.

« — Ces arguments sont excellents; je re-
« grette que vous ne les ayez pas exposés au
« général Tang.

« — Le général Tang les connaissait, et il
« les a oubliés, comme d'autres... Monsieur
« Garine, peu m'importent les factions. Mais

« puisque le Comité des Sept, puisqu'une par-
« tie du peuple accorde de la valeur à ma pen-
« sée, je ne la lui cacherai point. »

« Il ajoute, très lentement :

« — Quel qu'en soit pour moi le danger...
« Croyez que je regrette de vous parler ainsi.
« Vous m'y contraignez. Je le regrette, en vé-
« rité. Monsieur Garine, je ne défendrai pas
« votre projet. J'irai même sans doute jusqu'à
« le combattre... Je pense que vos amis et vous
« n'êtes pas de bons pasteurs pour le peuple... »

(« Ce sont les Pères, dit Garine de sa voix
habituelle, qui lui ont enseigné le français. »)

« ... et même que vous êtes dangereux pour
« lui. Je pense que vous êtes extrêmement dan-
« gereux : car vous ne l'aimez pas.

« — Qui l'enfant doit-il préférer, de la nour-
« rice qui l'aime et le laisse se noyer, ou de
« celle qui ne l'aime pas, mais sait nager et le
« sauve ? »

« Il réfléchit un instant, incline la tête en
arrière pour me regarder et répond respectueusement :

« — Cela dépend peut-être, monsieur Ga-
« rine, de ce que l'enfant a dans ses poches...

« — Ma foi, vous devez bien le savoir, puisque
« voilà près de vingt ans que vous l'aidez et
« que vous êtes encore pauvre...

« — Je n'ai pas cherché...

« — Ce n'est pas comme moi ! A voir mes « souliers qui sont percés (je m'appuie au mur « et montre l'une de mes semelles), on devine « que la corruption m'a enrichi. »

« C'est déconcertant, mais idiot. Il pourrait répliquer que nos fonds, quelque faibles qu'ils soient, permettent l'achat de souliers neufs. N'y pense-t-il pas, ou ne veut-il pas continuer une discussion qui le blesse ? Comme tous les Chinois de sa génération, il a peur de la violence, de l'irritation, signes de vulgarité... Il sort les mains de ses manches, ouvre les bras d'un geste et se lève.

« Voilà. »

Garine pose sur la table la dernière feuille, croise les mains sur elle et répète :

« Voilà.

— Eh bien ?

— Je crois que la question est résolue. La seule chose à faire maintenant, c'est attendre, pour reparler du décret, d'en avoir fini avec lui. Il fait heureusement tout ce qu'il faut pour nous venir en aide.

— En quoi ?

— En demandant l'arrestation des terroristes (entre parenthèses, il peut la demander : s'il obtient leur mise en accusation, la police ne les trouvera pas, voilà tout). Il y a longtemps que Hong le hait... »

Le lendemain matin.

Entrant, comme à l'ordinaire lorsqu'il est en retard, dans la chambre de Garine, j'entends des cris : deux jeunes Chinoises qui étaient couchées sur le lit, nues (longues taches lisses des corps épilés), surprises par mon entrée, se lèvent en hurlant et se réfugient derrière un paravent. Garine, qui boutonne sa tunique d'officier, appelle le boy et lui donne des instructions pour qu'il fasse sortir les femmes et les paie lorsqu'elles seront habillées.

« Lorsqu'on est ici depuis un certain temps, me dit-il dans l'escalier, les Chinoises énervent beaucoup, tu verras. Alors, pour s'occuper en paix de choses sérieuses, le mieux est de coucher avec elles et de n'y plus penser.

— Avec deux à la fois, je pense qu'on a deux fois la paix ?

— Si le cœur t'en dit, fais-les (ou fais-la, si tu y tiens) venir dans ta chambre. Nous avons bien des indicateurs dans les maisons des bords du fleuve, mais je me méfie...

— Des Blancs vont dans ces boîtes ?

— Et comment ! Les Chinoises sont très habiles... »

Mais Nicolaïeff nous attend au bas de l'escalier; dès qu'il voit Garine, il crie :

« Oui, oui, ça continue ! Ecoute ça ! »

Il tire de sa poche un papier, et, tandis que nous nous rendons à la Propagande à pied (il ne fait pas encore très chaud), lentement, à cause de son obésité, il lit :

« Les hommes et les femmes étrangers des missions ont fui devant une foule chinoise inoffensive. Pourquoi donc, s'ils n'étaient point coupables ? Et l'on a trouvé dans le jardin de la mission d'innombrables os de petits enfants. Maintenant qu'il est bien établi que ces êtres sans vertu, dans leurs orgies, massacrent férocement les innocents petits enfants chinois...

— C'est de Hong, oui ? demande Garine.

— Enfin, comme d'habitude : dicté, puisqu'il ne sait pas écrire les caractères... C'est le troisième papier...

— Oui, je lui ai déjà interdit ces stupidités. Il commence à m'embêter, Hong !

— Et je crois qu'il a l'intention de continuer... Je ne l'ai vu travailler avec plaisir, à la Propagande, que chaque fois qu'il a dû rédiger des communiqués antichrétiens. Il dit que le peuple est heureux de tels communiqués... Peut-être...

— Ce n'est pas la question. Envoie-le-moi, quand il arrivera.

— Il désirait te voir ce matin, je pense qu'il t'attend...

— Ah ! surtout, ne lui demande pas quelles sont ses intentions à l'égard dė Tcheng-Daï. Cherche tes renseignements ailleurs.

— Bien. Dis-moi, Garine ?

— Quoi ?

— Tu sais que le banquier Sia-Tcheou est mort ?

— Couteau ?

— Une balle dans la tête quand nous avons passé les ponts.

— Et tu penses que Hong ?

— Je ne pense pas : Je sais.

— Tu lui avais bien dit de laisser...

— De ta part et de la part de Borodine (à propos, il va mieux, Borodine, il viendra sans doute bientôt). Hong n'en fait plus qu'à sa tête.

— Il savait que Sia-Tcheou nous soutenait ?

— Fort bien. Mais peu lui importait ! Sia-Tcheou était trop riche... Aucun pillage, comme d'habitude... »

Garine hoche la tête sans répondre. Nous arrivons.

J'accompagne Nicolaïeff, prends dans son bureau le dossier des derniers rapports de Hong-Kong et redescends. Lorsque j'entre dans le bureau de Garine, je me heurte à Hong qui prend congé. Il parle avec un accent très fort, d'une voix presque basse où l'on devine une rage mal dominée :

« Vous devez juger ce que j'écris. C'est bien. Mais non mes sentiments. La torture — moi je pense — est, là, une chose juste. Parce que la vie d'un homme de la misère est une torture longue. Et ceux qui enseignent aux hommes de la misère à supporter cela doivent être punis, prêtres chrétiens ou autres hommes. Ils ne savent pas. Ils ne savent pas. Il faudrait — je pense — les obliger (il souligne le mot d'un geste, comme s'il frappait) à comprendre. Ne pas lâcher sur eux les soldats. Non. Les lépreux. Le bras d'un homme se transforme en boue, et coule; l'homme, il vient me parler de résignation, alors c'est bien. Mais cet homme-là, lui, il dit autre chose. »

Et il sourit en s'en allant, d'un sourire qui découvre ses dents et donne tout à coup à son visage haineux une expression presque enfantine.

Garine, soucieux, réfléchit. Lorsqu'il relève la tête, son regard rencontre le mien...

« J'ai fait prévenir l'évêque, dit-il, du danger que courent ses missionnaires. Leur départ est devenu nécessaire, mais pas leur massacre.

— Et alors ?

« — Les précautions convenables seront pri-« ses, m'a-t-il fait répondre. Pour le reste, Dieu

« nous accordera ou nous refusera le martyre !
« que sa volonté soit faite ! » Quelques mission-
« naires sont partis... »

Pendant qu'il parle, son regard se porte sur
le bureau et s'arrête sur l'une des notes blanches qui couvrent son buvard :

« Ah ! ah ! Tcheng-Daï a quitté le photographe et s'est installé dans une villa qu'un ami
absent a mise à sa disposition !... Et cet homme
sage s'est fait donner hier soir une garde militaire... Ah ! qu'il y aurait avantage à faire remplacer le Comité des Sept par un comité dic-
tatorial plus sûr, à créer une Tchéka, à n'avoir
pas à compter sur des gens comme Hong !... Il
y a bien des choses à faire !

« Quoi encore ? Oui, entrez ! »

Le planton apporte, de la part d'un délégué,
un rouleau de soie envoyé de Shanghaï, sur
lequel sont calligraphiées à l'encre de Chine
des félicitations.

Au bas, une sorte de post-scriptum est ajouté,
écrit d'une encre encore plus claire et plus sale.

*Nous (suivent quatre noms), avons signé ceci
de notre sang après avoir tranché chacun l'un
de nos doigts, pour témoigner notre admiration à nos compatriotes cantonais qui osent ainsi
lutter, d'une manière très admirable, contre
l'Angleterre impérialiste. Donc, nous leur té-
moignons notre respect et comptons que la lutte*

sera continuée jusqu'à la victoire complète. Ont signé ensuite : d'innombrables signatures collectives (une par section) suivent.

« Jusqu'à la victoire complète, répète Garine. Le décret, le décret, le décret ! Tout est là. Si nous n'empêchons pas définitivement les bateaux de Hong-Kong de venir ici, nous finirons par nous faire casser les reins, malgré tout ! Il faut que ce décret passe. Il le faut. Sinon, qu'est-ce que nous foutons ici ?... »

Il prend, sur le bureau, une liasse de rapports de Hong-Kong. Ce ne sont que demandes d'argent.

« En attendant, il n'y a qu'une solution, reprend-il : l'abandon de la grève générale. Toute l'Asie suit enfin le combat que nous avons engagé : il suffit que Hong-Kong, aux yeux de tous, reste paralysé. La grève des gens de mer, marins et coolies, complète, surveillée par les syndicats, suffira. Hong-Kong sans bras vaut Hong-Kong désert, et nous avons grand besoin, ici, de l'argent de l'Internationale, grand besoin !... »

Et il commence à écrire un rapport, car les décisions qui engagent l'Internationale sont prises par Borodine. La lumière accuse les saillies et les rides de son visage penché. La plus ancienne puissance de l'Asie reparaît : les hôpitaux de Hong-Kong, abandonnés par leurs infirmiers, sont pleins de malades, et, sur ce papier que jaunit la lumière, c'est encore un malade qui écrit à un autre malade...

2 heures.

La nouvelle attitude de Hong inquiète Garine à l'extrême. Il compte sur lui pour le délivrer de Tcheng-Daï; mais si les rapports des indicateurs lui permettent de savoir que Hong n'attendra pas d'être mis en accusation pour agir, et que la certitude où il est de n'avoir pas encore la police contre lui le pousse à agir rapidement, il ne sait rien de ce que doit être l'action du terroriste. En lui, me dit-il, un personnage singulier, depuis quelque temps, apparaît : sous l'apparente culture, faite uniquement de méditations sur quelques idées virulentes trouvées au hasard des livres et des conversations, le Chinois inculte, le Chinois qui ne sait pas lire les caractères, remonte et commence à dominer celui qui lit les livres français et anglais; et ce nouveau personnage, lui, est soumis tout entier à la violence de son caractère et de la jeunesse, et à la seule expérience qui soit vraiment la sienne : celle de la misère... Il a vécu, adolescent, parmi des hommes dont la misère formait l'univers, tout près de ces bas-fonds des grandes villes chinoises hantés des malades, des vieillards, des affaiblis de toute sorte, de ceux qui meurent de faim quelque jour et de ceux, beaucoup plus nombreux, qu'une nourriture de bête entretient dans une sorte d'hébétude et de constante faiblesse. Pour ceux-là, dont l'unique souci est de parvenir à s'assurer quelque pitance, la déchéance est presque toujours si complète qu'elle ne laisse pas même place à la haine. Sentiments, cœur, dignité, tout s'est écroulé, et des élans de rancœur et de désespoir apparaissent à peine, çà et là, comme, au-dessus de la masse des haillons et des corps roulés dans la poussière, ces têtes, les yeux ouverts, appuyés sur les pilons donnés par les missionnaires... Mais pour d'autres, pour ceux qui deviennent à l'occasion soldats ou brigands, pour ceux qui sont encore capables de quelque sursaut, qui préparent des combinaisons compliquées pour parvenir à acheminer du tabac, la haine existe, tenace, fraternelle. Ils vivent avec elle, dans l'attente de ces journées où les troupes qui fléchissent sont prêtes à appeler à leur aide les pillards et les incendiaires. Hong s'est libéré de la misère; mais il n'a pas oublié sa leçon, ni l'image du monde qu'elle fait apparaître, féroce, colorée par la haine impuissante. « Il n'y a que deux races, dit-il, les mi-sé-ra-bles et les autres. » Le dégoût qu'il a des puissants et des riches, formé dans son enfance, est tel qu'il ne souhaite ni puissance ni richesse. Peu à peu, à mesure qu'il s'est éloigné de ses cours des Miracles, il a découvert qu'il ne haïssait point le bonheur des riches, mais le respect qu'ils avaient d'eux-mêmes. « Un pauvre, dit-il encore, ne peut pas s'estimer. » Cela, il l'accepterait s'il pensait avec ses ancêtres que son existence n'est pas limitée au cours de sa vie particulière. Mais, attaché au présent de toute la force que lui donne sa découverte de la mort, il n'accepte plus, ne cherche plus, ne discute plus; il hait. Il voit dans la misère une sorte de démon doucereux, sans cesse occupé à prouver à l'homme sa bassesse, sa lâcheté, sa faiblesse, son aptitude à s'avilir. Sans nul doute, il hait avant tout l'homme qui se respecte, qui est sûr de lui-même; impossible d'être plus profondément révolté contre sa race. C'est son dégoût de la respectabilité, vertu chinoise par excellence, qui l'a conduit dans les rangs des révolutionnaires. Comme tous ceux que la passion anime, il s'exprime avec force, ce qui lui donne de l'autorité; et cette autorité est accrue par le caractère extrême de sa haine des idéalistes — de Tcheng-Daï en particulier — à laquelle on prête à tort des causes politiques. Il hait les idéalistes parce qu'ils prétendent « arranger les choses ». Il ne

veut point que les choses soient arrangées. Il ne
veut point abandonner, au bénéfice d'un avenir
incertain, sa haine présente. Il parle avec rage
de ceux qui oublient que la vie est unique, et
proposent aux hommes de se sacrifier pour leurs
enfants. Lui, Hong, n'est point de ceux qui ont
des enfants, ni de ceux qui se sacrifient, ni de
ceux qui ont raison pour d'autres qu'eux-mêmes. Que Tcheng-Daï, dit-il, cherchant, comme
d'autres, sa nourriture auprès des égouts, ait
donc le plaisir d'entendre un honorable vieillard lui parler de la justice ! Il ne veut voir
dans le vieux chef tourmenté que celui qui
prétend, au nom de la justice, le frustrer de
sa vengeance. Et, pensant aux confuses confi-
dences de Rebecci, il juge que trop d'hommes
se sont laissé détourner de leur seule vocation
par l'ombre d'un idéal quelconque. Il entend
ne pas terminer sa vie en louant des oiseaux
mécaniques, ne pas laisser l'âge s'imposer à lui.
Ayant entendu réciter ce poème d'un Chinois
du Nord :

Je combats seul et gagne ou perds,
Je n'ai besoin de personne pour me rendre
[libre.
Je ne veux pas que nul Jésus-Christ pense
Qu'il pût jamais mourir pour moi.

il s'est hâté de l'apprendre par cœur. L'influence de Rebecci, puis celle de Garine, n'ont fait que développer le besoin qu'il a du réalisme furieux, tout entier soumis à la haine. Il considère sa vie comme pourrait le faire un phtisique encore plein de force, mais sans espoir; et, dans l'ensemble extrêmement trouble de ses sentiments, la haine met un ordre sauvage, brutal, et prend le caractère d'un devoir.

Seule, l'action au service de la haine n'est ni mensonge, ni lâcheté, ni faiblesse : seule, elle s'oppose suffisamment aux mots. C'est ce besoin d'action qui a fait de lui notre allié; mais il trouve que l'Internationale agit trop lentement, qu'elle ménage trop de gens; par deux fois, cette semaine, il a fait assassiner des hommes qu'elle voulait protéger. « Chaque meurtre accroît la confiance qu'il a en lui, dit Garine, et il prend peu à peu conscience de ce qu'il est profondément : un anarchiste. La rupture entre nous est prochaine. Pourvu qu'elle ne se produise pas trop tôt ! »

Et après un court silence :

« Il est peu d'ennemis que je comprenne mieux... »

Le lendemain.

Quand j'entre dans le bureau de Garine, Klein et Borodine causent, assis l'un en face de l'autre, près de la porte. Ils surveillent obliquement Hong, debout au milieu de la pièce, qui, les mains dans ses poches, discute avec Garine. Borodine s'est levé ce matin : jaune, amaigri, il semble Chinois, aujourd'hui. Quelque chose, dans l'atmosphère, dans l'attitude des hommes, dit l'hostilité, presque l'altercation. Hong parle avec son accent marqué, par saccades, sans bouger. Devant le mouvement brutal de ses mâchoires (il parle comme s'il mordait), je songe soudain à la phrase que me rapportait Gérard : « Quand j'aurai été condamné à la peine capitale... »

« En France, est-il en train de dire, on n'osait pas couper la tête du roi, hein ? On l'a fait, à la fin. Et la France n'est pas morte. Il faut commencer par guillotiner le roi, toujours.

— Pas quand il paie.

— Quand il paie. Et quand il ne paie pas. Et que m'importe qu'il paie ?

— Il nous importe, à nous. Attention, Hong : une action terroriste dépend de la police qu'elle trouve en face d'elle...

— Quoi ? »

Garine répète sa phrase. Hong semble avoir compris, mais il est toujours immobile et regarde le carrelage, le front en avant.

« Chaque chose en son temps, ajoute Garine. La révolution n'est pas si simple.

— Oh ! la révolution...

— La révolution, dit Borodine brusquement, en se retournant, c'est payer l'armée !

— Alors, ce n'est pas du tout digne d'intérêt. Choisir ? Pourquoi ? Parce qu'il n'y a plus de justice chez vous ? Je laisse ces soucis au respectable Tcheng-Daï. Son âge les excuse. Ils conviennent à ce nuisible vieillard. La politique ne m'intéresse pas.

— C'est ça, c'est ça, répond Garine. Des discours ! sais-tu ce que font les directeurs des grandes agences de Hong-Kong, en ce moment ? Ils font queue chez le gouverneur pour obtenir des subventions et les banques refusent de fournir les sommes demandées. Sur le port, les « gens distingués » coltinent des paquets (comme des oies d'ailleurs) Nous ruinons Hong-Kong, nous faisons un petit port de l'un des plus riches territoires de la Couronne — sans parler de l'exemple. Toi, qu'est-ce que tu fais ? »

Hong, d'abord, se tait. Mais, à la façon dont il regarde Garine, je sens qu'il va parler. Enfin, il se décide :

« Tout état social est une saloperie. Sa vie unique. Ne pas la perdre, voilà. »

Mais c'est là une sorte de préliminaire...

« Après ? dit Borodine.

— Ce que je fais, vous demandez ? »

Il s'est tourné vers Borodine et le regarde en face, cette fois.

« Ce que vous n'osez pas faire. Crever de travail des hommes pauvres, cela est très honteux, faire tuer par de pauvres bougres les ennemis du parti, cela est bien. Mais se bien garder d'aller salir ses mains à de semblables choses, cela est bien aussi, hein ?

— J'ai peur, peut-être ? répond Borodine, en qui la colère commence à monter.

— De vous faire tuer, non. »

Et, secouant la tête de haut en bas :

« Du reste, oui.

— Chacun son rôle !

— Ha ! C'est le mien, hein ? »

En lui aussi la colère monte, et son accent devient de plus en plus marqué.

« Croyez-vous que je n'éprouve pas de la répulsion ? Moi, c'est *parce que* cela m'est pénible que je ne le fais pas toujours faire aux autres, vous entendez ? Oui, vous regardez M. Klein. Il a supprimé un Haute-Noblesse, je sais. Je lui ai demandé... »

Laissant là sa phrase, il regarde alternativement Borodine et Klein, et rit nerveusement.

« Tous les bourgeois, ils ne sont pas patrons d'usine », murmure-t-il.

Puis, tout à coup, il hausse violemment les épaules et s'en va presque en courant, claquant la porte.

Silence.

« Ça ne va pas mieux, dit Garine.

— Que penses-tu qu'il fasse ? demande Klein.

— A l'égard de Tcheng-Daï ? Tcheng-Daï a presque demandé sa tête... »

Et après avoir réfléchi :

« Il m'a compris lorsque je lui ai dit : une action terroriste doit compter avec la police que les terroristes trouvent en face d'eux. Donc, il va essayer d'en finir avec Tcheng-Daï le plus tôt possible... C'est très probable. Mais à partir d'aujourd'hui, nous allons être visés nous-mêmes... Au premier de ces messieurs... »

Borodine, mordant sa moustache et bouclant son ceinturon qui le gêne, se lève et part. Nous le suivons. Plaqué contre l'ampoule électrique, un gros papillon projette sur le mur une large tache noire.

9 heures.

Sans doute les paroles de Myroff ont-elles

laissé Garine inquiet, car, pour la première fois, il fait allusion à sa maladie sans que je l'interroge.

« La maladie, mon vieux, la maladie, on ne peut pas savoir ce que c'est quand on n'est pas malade. On croit que c'est une chose contre laquelle on lutte, une chose étrangère. Mais non : la maladie, c'est soi, soi-même... Enfin, dès que la question de Hong-Kong sera résolue... »

Après le dîner, un télégramme est arrivé : l'armée de Tcheng-Tioung-Ming a quitté Wai-Chéou et marche sur Canton.

J'apprends en me réveillant que Garine, après une crise, a été emmené à l'hôpital cette nuit. Je pourrai aller le voir à partir de six heures.

Hong et les anarchistes annoncent que des réunions auront lieu cet après-midi, dans les salles dont disposent les principaux syndicats. Hong lui-même prononcera un discours à la réunion de « La Jonque », la plus puissante société de coolies du port de Canton, et à celles de quelques sociétés secondaires. Borodine a désigné pour lui répondre Mao-Ling-Wou, un des meilleurs orateurs du Kuomintang.

Demain, nos agents annonceront l'abandon

de la grève générale, à Hong-Kong; en même
temps, afin que l'inquiétude qui pèse sur la
ville ne se dissipe pas, la Sûreté anglaise sera
informée par les agents doubles que les Chinois,
furieux de ne pouvoir maintenir la grève générale, se préparent à l'insurrection. Les maisons
de commerce anglaises, ces derniers jours, ont
tenté de créer à Souatéou un service de messageries grâce auquel les objets débarqués dans
ce port seraient expédiés dans l'intérieur de la
Chine. La grève des coolies a été décrétée hier,
sur notre ordre, par les syndicats de Souatéou,
la saisie des marchandises d'origine anglaise a
été ordonnée ce matin. Enfin, un tribunal
extraordinaire vient de partir : tous les commerçants qui ont accepté la livraison de marchandises anglaises seront arrêtés et punis d'une
amende des deux tiers de leur fortune. Ceux
dont les amendes n'auront pas été acquittées
avant dix jours seront exécutés.

5 heures.

J'ai été retenu très tard, et la réunion de « La
Jonque » est certainement commencée.

Nous nous arrêtons, le secrétaire yunnanais
de Nicolaïeff et moi, devant une sorte d'usine,
entrons dans un garage que nous traversons,
suivant le chemin libre au milieu des Ford,

traversons encore une cour. De nouveau, un toit sans cornes, un grand mur blanc sur lequel les pluies ont fait de larges traînées vertes, comme des seaux d'acide jetés à la volée; une porte. Devant cette porte, assis sur une caisse, un factionnaire chaussé d'espadrilles montre son pistolet automatique à des enfants dont les plus petits sont nus. Mon compagnon lui présente une carte; pour la regarder, il se lève, et repousse mollement la grappe d'enfants à mèche unique. Nous entrons. Une rumeur basse, dans laquelle des phrases, çà et là, s'émiettent, monte avec un brouillard épais et bleuâtre. Je ne distingue que les deux grands prismes de soleil criblés d'atomes, que projettent les fenêtres et qui plongent comme des barres obliques dans l'ombre de la salle. Lumière, poussière, fumée, matière fluide et dense où le tabac dessine des ramages. De l'assemblée, nous ne percevons encore que cette rumeur dispersée comme la poussière; mais voici qu'elle s'ordonne sous la voix haletante de l'orateur, qui est dans l'ombre, et se transforme en un cri scandé : « Oui, oui. — Non, non », arraché à la foule par chaque phrase, et rythmant les discours de coups de gong étouffés, comme des répons de litanies.

Mes yeux peu à peu s'accoutument à l'ombre. Aucune décoration dans la salle. Trois estrades : une pour le bureau où siègent le président et deux assesseurs, devant un grand tableau couvert de caractères (le testament de Sun-Yat-Sen peut-être ? je ne peux le lire, il est trop loin); une autre, sur laquelle est monté l'orateur que nous entendons et voyons également mal. Sur la troisième estrade, se tient, assez visible, dans une sorte de petite chaire, un Chinois âgé au nez courbe et fin, aux cheveux gris en brosse. Il est appuyé sur ses deux coudes, le buste en avant, et attend.

Dans la foule que je commence à voir plus nettement, pas un geste. Il y a, dans cette petite salle, quatre ou cinq cents hommes; près du bureau, quelques étudiantes aux cheveux coupés; les grands ventilateurs de plafond battent lourdement l'air épaissi. Serrés les uns contre les autres ou presque libres, les auditeurs : soldats, étudiants, petits marchands, coolies, approuvent de la voix, avec un mouvement de cou en avant semblable à celui des chiens qui aboient, sans que leur corps bouge. Pas de bras croisés, pas de coudes sur les genoux, pas de mentons dans les mains; des corps rigides, verticaux, morts, des visages passionnés dont les mâchoires avancent et, par saccades toujours, ces approbations, aboiements.

Maintenant, je commence à entendre assez nettement pour comprendre : la voix est celle de Hong, non pas hésitante comme lorsqu'il parle français, mais pleine et précipitée. C'est la fin du discours :

« Ils disent qu'ils nous ont apporté la liberté ! Nous avions brisé l'Empire comme un œuf depuis cinq ans, qu'ils allaient encore à plat ventre sous le fouet de leurs mandarins militaires !

« Ils font dire par les agents qu'ils paient, par leurs boys, qu'ils nous ont enseigné la Révolution !

« Avions-nous besoin d'eux ?

« Est-ce que les chefs des Taï Ping avaient des conseillers russes ?

« Et ceux des Boxers ! »

Tout cela, dit dans un vocabulaire chinois vulgaire, mais avec fureur, est haché de « Oui, oui ! » gutturaux de plus en plus nombreux. Hong, à chaque phrase, a haussé le ton. Maintenant, il crie :

« Lorsque nos oppresseurs se préparaient à égorger les prolétaires cantonais, est-ce que ce sont les Russes qui ont secoué les bidons d'essence ? Qui donc a jeté dans le fleuve ces cochons ouverts, les volontaire marchands ?...

— Oui, oui ! Oui, oui ! Oui, oui ! »

Mao, toujours accoudé, immobile, se tait : manifestement l'assemblée presque tout entière est avec l'orateur; et il serait vain de dire à ceux qui sont là qu'ils n'ont pas battu les volontaires marchands tout seuls.

Hong a obtenu ce qu'il voulait : sans doute parlait-il depuis quelque temps déjà. Il descend et, obligé de parler dans d'autres réunions, s'en va rapidement au milieu d'un brouhaha respectueux que Mao, qui a commencé de parler, ne domine pas. Impossible d'entendre un mot. La réunion a été préparée : les protestations et les cris me semblent poussés par sept ou huit Chinois, toujours les mêmes, dispersés dans la salle. La foule, sans nul doute, voudrait entendre, malgré son hostilité : Mao est un orateur célèbre et âgé. Mais il n'élève pas la voix. Il continue de parler au milieu de cris et de clameurs, regardant avec attention les diverses parties de la salle soulevée contre lui. Ah ! Sans doute vient-il enfin de constater le petit nombre des interrupteurs qui commencent à entraîner l'auditoire. Alors, d'une voix forte et soudain distincte, fauchant la salle du bras :

« Regardez ceux qui m'injurient ici pour m'interrompre, craignant ma parole ! »

Un remous. C'est gagné : chacun s'est tourné vers l'un des anarchistes. Mao n'a plus contre lui la salle, mais ses ennemis.

« Ceux qui vivent de l'argent anglais pendant que nos grévistes meurent de faim sont moins que des... »

Impossible d'entendre la fin. Mao est penché en avant, la bouche grande ouverte. Des coins de la salle partent, sur toutes les tonalités chinoises, des injures indistinctes, avec un bruit de meute. Quelques-unes dominent.

« Chien ! Vendu ! Traître ! Traître ! Coolie ! »

Mao parle peut-être; je ne l'entends pas. Cependant le vacarme décroît. Quelques injures isolées, comme les derniers applaudissements au théâtre... Alors, reprenant d'un coup l'attention par les deux mains élevées au-dessus de la tête, et doublant soudain la force de sa voix :

« Coolie ? Oui, coolie ! Je suis toujours allé parmi les malheureux. Mais pas pour crier, comme vous, leur nom entre celui des voleurs et celui des traîtres ! Presque enfant... »

(Il y a des combats entre les anarchistes et ceux qui veulent entendre; mais on entend.)

« ... J'ai juré de lier ma vie à la leur, et nul ne me délivrera de ce serment, car ceux à qui je l'ai fait sont morts... »

Et, les deux bras jetés en avant, les mains ouvertes :

« Vous les sans-abri, vous les sans-riz, vous tous ! Vous qui n'avez pas de nom, vous qu'on reconnaît à la plaie de l'épaule, déchargeurs de bois, tireurs de bateaux ! à la plaie des han-

ches, manœuvres du port ! écoutez, écoutez
ceux-ci dont la gloire est faite de votre sang !
Hein ! comme ils disent bien : coolies, les
beaux seigneurs, du même accent que je disais :
chiens ! tout à l'heure, en parlant d'eux !

— Oui, oui !... »

Les approbations scandées, de nouveau.

« Oui, oui !

— A mort les insulteurs du peuple !... »

Qui a crié ? On ne sait pas. La voix était
faible, hésitante.

Mais aussitôt cent voix hurlent :

« A m-o-o-ort... »

C'est un grondement, un cri trouble qui
devient clameur. On distingue à peine le mot,
le ton suffit.

Des anarchistes tentent d'atteindre la tribune; mais Mao n'était pas venu seul; ses hommes, maintenant, aidés par la foule, en défendent l'accès. Un anarchiste, monté sur les épaules d'un camarade, tente de se faire entendre. Il
est aussitôt assailli, jeté à terre, frappé. Bagarre.
Nous sortons. Arrivé à la porte, je me retourne :
dans la fumée plus dense encore, les costumes
clairs, les robes blanches, les hardes bleues ou
brunes des ouvriers du port se mêlent, images
agitées et brouillées, hérissées de poings au-
dessus desquels sautent des casques couleur de
craie...

Dans la rue, j'aperçois Mao qui s'en va. Je tente de l'atteindre, sans y parvenir. Peut-être ne souhaite-t-il pas être vu en compagnie d'un Blanc, aujourd'hui...

Je vais à l'hôpital, seul, à pied. La façon dont Mao s'est tiré de la situation dans laquelle il était fait honneur à son habileté, mais si un maladroit n'avait pas crié « Coolie ! » que serait-il advenu ? Une victoire due à un tel hasard est une victoire vaine. D'ailleurs, Mao n'a défendu que lui... Mon compagnon yunnanais m'a dit, lorsqu'il m'a quitté : « Et considérez bien, monsieur, que si Hong avait été présent encore, M. Mao n'aurait peut-être pas triomphé si aisément... »

Triomphé ?

Lorsque j'arrive à l'hôpital, la nuit est tout à fait venue. Aux quatre coins d'un pavillon, sous les palmes, des soldats, parabellum au poing. J'entre. Les couloirs sont déserts, à cette heure. Seul, un infirmier qui dormait, couché sur le canapé de bois découpé de l'entrée, se réveille en entendant sonner mes talons sur le carrelage et me conduit à la chambre de Garine.

Linoléum, murs blanchis à la chaux, large ventilateur, odeur de médicaments, d'éther

surtout. La moustiquaire est à demi relevée :
Garine semble couché dans un lit à rideaux de
tulle. Je m'assieds à son chevet. L'osier du fauteuil glisse sous mes mains moites. Mon corps
fatigué se libère; dehors, les éternels moustiques
bourdonnent... Une palme descend du toit,
rigide, silhouette de métal sur la nuit molle
et sans formes. L'odeur de la décomposition et
celle des fleurs sucrées du jardin montent
ensemble de la terre, entrent avec l'air tiède,
traversées parfois par une autre : eau croupie,
goudron et fer. Au loin, la grêle des mah-jongs,
des cris chinois, des klaxons, des pétards; lorsque
arrive, comme d'une mare, le vent du fleuve et
que nous nous taisons, nous entendons un violon monocorde : quelque théâtre ambulant, ou
quelque artisan qui joue, dormant à demi dans
sa boutique close de planches. Une lumière
rousse, fumée, monte derrière les arbres; on
dirait que là-bas s'achève quelque immense
fête foraine : la ville.

Garine, les cheveux en pluie sur le visage,
les yeux à demi fermés, le visage exténué, me
demande, dès que j'arrive :

« Alors ?

— Rien d'important. »

Je lui donne quelques nouvelles, puis je me
tais. Dans le couloir et dans la chambre, les
lampes brûlent, entourées d'insectes, comme si

elles devaient brûler toujours. Le pas de l'infirmier s'éloigne...

« Veux-tu que je te laisse ?

— Non, au contraire. Je ne désire pas rester seul. Je n'aime plus penser à moi, et, quand je suis malade, j'y pense toujours... »

La fatigue de sa voix, d'ordinaire si nette, un peu tremblante ce soir, comme si sa pensée contrôlait à peine ses paroles, s'accorde avec ces lampes tristes, ce silence, cette odeur de corps en sueur qui parfois domine celle de l'éther et du jardin où marchent les soldats, avec tout cet hôpital où semblent seuls vivants les insectes qui bourdonnent, en masses agitées, autour des ampoules...

« C'est bizarre : après mon procès, j'éprouvais — mais très fortement — le sentiment de la vanité de toute vie, d'une humanité menée par des forces absurdes. Maintenant ça revient... C'est idiot, la maladie... Et pourtant, il me semble que je lutte contre l'absurde humain, en faisant ce que je fais ici... L'absurde retrouve ses droits... »

Il se retourne dans son lit, et l'odeur acide de la fièvre s'élève.

« Ah ! cet ensemble insaisissable qui permet à un homme de sentir que sa vie est dominée par quelque chose... C'est étrange, la force des souvenirs, quand on est malade. Toute la journée, j'ai pensé à mon procès, je me demande bien pourquoi ? C'est après ce procès que l'impression d'absurdité que me donnait l'ordre social s'est peu à peu étendue à presque tout ce qui est humain... Je n'y vois pas d'inconvénients, d'ailleurs... Pourtant, pourtant... En cet instant même, combien d'hommes sont en train de rêver à des victoires dont, il y a deux ans, ils ne soupçonnaient pas même la possibilité ! J'ai créé leur espoir. Leur espoir. Je ne tiens pas à faire des phrases, mais enfin, l'espoir des hommes, c'est leur raison de vivre et de mourir... Et puis ?... Naturellement, on ne devrait pas tant parler quand la fièvre est trop forte... C'est idiot... Penser à soi toute la journée !... Pourquoi est-ce que je pense à ce procès ? Pourquoi ? C'est si loin ! C'est idiot, la fièvre, mais on voit des choses... »

L'infirmier vient de pousser sans bruit la porte. Garine se retourne encore; l'odeur humaine de la maladie domine de nouveau celle de l'éther.

« A Kazan, la nuit de Noël 19, cette procession extraordinaire... Borodine était là, comme toujours... Quoi ?... Ils apportent tous les dieux devant la cathédrale : de grandes figures comme celles des chars du Carnaval, une déesse-poisson, le corps dans un maillot de sirène... Deux cents, trois cents dieux... Luther aussi. Des mu-

siciens hérissés de fourrures font un chambard
du diable avec tous les instruments qu'ils ont
trouvés. Un bûcher brûle. Sur les épaules des
types, les dieux tournent autour de la place,
noirs sur le bûcher, sur la neige... Un chahut
triomphal ! Les porteurs fatigués jettent leurs
dieux sur les flammes : une grande lueur claque
les têtes, fait sortir la cathédrale blanche de la
nuit... Quoi ? La Révolution ? Oui, comme ça
pendant sept ou huit heures ! J'aurais voulu
voir l'aube !... Pourriture !... On voit des choses.
Là Révolution, on ne peut pas l'envoyer dans le
feu : tout ce qui n'est pas elle est pire qu'elle,
il faut bien le dire, même quand on en est
dégoûté... Comme soi-même ! Ni avec, ni sans.
Au lycée, j'ai appris ça... en latin. On balaiera.
Quoi ? Peut-être aussi, y avait-il de la neige...
Quoi ? »

Il est à la limite du délire. Enfiévré par le
son de sa voix, il a parlé d'un ton un peu élevé
qui résonne, perdu, dans l'hôpital. L'infirmier
se penche à mon oreille :

« Le docteur a dit de ne pas faire parler
longtemps M. le Commissaire à la Propagande... »

Et, à haute voix :

« Monsieur le Commissaire, désirez-vous le
chloral pour dormir ? »

Le lendemain.

Robert Norman, le conseiller américain du Gouvernement, a quitté Canton hier soir. Depuis quelques mois, il n'était plus consulté que lorsqu'il s'agissait de prendre des décisions sans importance. Peut-être a-t-il cru n'être plus en sûreté, non sans raison... Borodine, à sa place, a été enfin nommé officiellement conseiller du Gouvernement, directeur des services des armées de terre et de l'aviation. Ainsi les actes de Gallen, qui commande l'état-major cantonais, ne seront plus contrôlés que par Borodine, et l'armée presque tout entière est entre les mains de l'Internationale.

TROISIÈME PARTIE

L'HOMME

Les radios de Hong-Kong affirment au monde entier que la ville a retrouvé son activité. Mais ils ajoutent : *Seuls les ouvriers du port n'ont pas encore repris leur travail.* Ils ne le reprendront pas. Le port est toujours désert; la cité ressemble de plus en plus à cette grande figure vide et noire qui se découpait sur le ciel lorsque je l'ai quittée. Hong-Kong cherchera bientôt quel travail convient à une île isolée... Et sa principale richesse, le marché du riz, lui échappe. Les grands producteurs sont entrés en rapport avec Manille, avec Saïgon. « Hong-Kong », écrit un membre de la Chambre de Commerce, dans une lettre que nous avons interceptée, « si le Gouvernement anglais ne décide pas d'intervenir par les armes, sera dans un an le port le plus précaire de l'Extrême-Orient... »

Les sections de volontaires parcourent la ville.

Beaucoup d'autos appartenant à des négociants ont été armées de mitrailleuses. Cette nuit, le central téléphonique — pas de défense possible sans téléphone — a été entouré de barricades de fils de fer barbelés. D'autres retranchements sont en construction autour des réservoirs, du palais du Gouverneur et de l'Arsenal. Et, malgré la confiance qu'elle a dans ses miliciens, la Sûreté anglaise prise au dépourvu envoie courrier sur courrier, émissaire sur émissaire au général Tcheng-Tioung-Ming, pour presser sa marche sur Canton.

*

« Vois-tu, mon cher, me dit Nicolaïeff de sa voix de prêtre, il ferait mieux de s'en aller, Garine, beaucoup mieux... Myroff m'a parlé de lui. S'il veut rester encore quinze jours, il va rester beaucoup plus longtemps qu'il ne le souhaite... Oh ! on n'est pas plus mal enterré ici qu'ailleurs...

— Il dit qu'il ne peut pas partir maintenant.

— Oui, oui... Les malades ne sont pas rares, ici... Avec notre façon de vivre, on n'échappe jamais tout à fait aux Tropiques... »

Il montre son ventre, en souriant :

« Moi, je préfère encore cela... Et puis, quand ce qui compte pour lui n'est pas en jeu, il est un peu aboulique, Garine... Comme tout le monde...

— Et tu crois que la vie ne compte pas pour lui ?

— Pas beaucoup, pas beaucoup... »

*

Le rapport de l'un des boys de Tcheng-Daï — un indicateur — vient d'arriver.

Tcheng-Daï sait que les terroristes veulent l'assassiner. On lui a conseillé de fuir : il a refusé. Mais l'indicateur l'a entendu dire à un ami : « Si ma vie n'est pas assez forte pour les arrêter, ma mort le sera peut-être... » Il ne s'agissait plus cette fois, d'assassinat, mais de suicide. Si Tcheng-Daï se tuait en l'honneur d'une cause, à l'asiatique, il donnerait à cette cause une force contre laquelle il serait difficile de lutter. « Il en est bien capable », dit Nicolaïeff. Néanmoins, l'inquiétude pèse sur la Sûreté...

*

Garine vient de quitter l'hôpital. Myroff, ou le médecin chinois, viendra le piquer tous les matins.

*

Ce n'est pas seulement Tcheng-Daï qui rendait Nicolaïeff inquiet : Tcheng-Tioung-Ming
a pris hier Chowtchow et marche sur Canton
après avoir battu les troupes cantonaises. Ces
troupes, composées d'anciens mercenaires de
Sun-Yat-Sen, sont tenues par Borodine pour sans
valeur, incapables de combattre lorsqu'elles ne
sont pas encadrées par l'armée rouge et les
cadets. Mais les cadets, sous les ordres de
Tchang Kaï-chek, restent à Wampoa : l'armée
rouge, sous les ordres de Gallen, ne quitte pas
ses cantonnements. Seules les sections de propagande, qui peuvent préparer la victoire, mais
non l'obtenir, quitteront la ville demain. « Que
le Comité des Sept se décide, dit Garine. Maintenant, c'est l'armée rouge *et le décret,* ou
Tcheng-Tioung-Ming. Et Tcheng-Tioung-Ming,
pour eux, c'est le peloton d'exécution. Au
choix ! »

*

La nuit.

Onze heures du soir, chez Garine. Près de la fenêtre, nous attendons son retour, Klein et moi. Sur une petite table, à côté de Klein, une bouteille d'alcool de riz et un verre. Un planton de la Sûreté a apporté l'affiche bleue qui est là, mal pliée, sur la table que les boys ont oublié de desservir. On colle des affiches semblables par la ville.

C'est le fragment final du testament de Tcheng-Daï :

« *Moi, Tcheng-Daï, me suis donc ainsi donné volontairement la mort, afin de pénétrer tous mes compatriotes de ceci : que notre plus grand bien, LA PAIX, ne doit pas être dilapidé, dans l'égarement où de mauvais conseillers s'apprêtent à plonger le peuple chinois...* »

Ces affiches, qui peuvent à elles seules nous nuire plus que toute la prédication de Tcheng-Daï, qui les fait coller, à cette heure ?

S'est-il tué ? A-t-il été assassiné ?

Garine est allé à la Sûreté et chez Borodine. Il avait d'abord fait demander confirmation de la mort de Tcheng-Daï, mais a dû partir sans attendre la réponse, dont il a trouvé sans doute un double à la Sûreté. Elle vient de nous être apportée : Tcheng-Daï est mort d'un coup de couteau dans la poitrine. Impatients, martelant nos cuisses de coups de poing à la moindre piqûre de moustique, nous attendons. J'entends la voix de Klein, affaiblie et lointaine, comme à travers une forte fièvre :

« Moi, je le connais. Alors, je dis que ce n'est pas possible... »

Je viens de dire que ce suicide me semble vraisemblable, et Klein proteste, avec une inexplicable véhémence qu'il s'efforce de maîtriser. J'ai toujours trouvé quelque chose d'étrange à cet homme dont l'aspect de boxeur militaire cache une grande culture. Garine, qui a pour lui une amitié profonde, m'a dit, quand je l'ai interrogé, une phrase que Gérard, déjà, m'avait dite : « Ici, c'est un peu comme à la Légion, et je ne connais de sa vie passée que ce que tout le monde en connaît. » Ce soir, ses larges bras appuyés au fauteuil avec une force de statue, il a peine à exprimer ce qu'il veut dire, et cette difficulté ne vient pas de ce qu'il s'exprime en français. Les yeux fermés, il accompagne ses phrases d'un mouvement en avant du buste, comme s'il luttait contre ses paroles. Il est ivre, d'une ivresse lucide — muscles et pensées tendus — qui donne à sa voix un timbre ardent et dur.

« Pas pos-sible. »

Obsédé par le rythme d'une chanson créée par le ronronnement du ventilateur, je le regarde...

« Tu ne peux pas savoir !... C'est... On ne peut pas dire. Il faut connaître des gens qui ont essayé. C'est long. D'abord, on se dit : dans une heure — une demi-heure — on est tranquille. Après, on pense : alors voilà; maintenant il faut. Et on devient tout doucement abruti, on regarde la lumière. On est content, parce qu'on regarde la lumière; on sourit comme un idiot, et on sait qu'on ne pense plus à ça... Plus trop... Mais quand même... Et puis ça revient. Et c'est plus fort que soi, à ce moment-là, l'idée. Pas le geste, l'idée. On se dit : « *Ach !* « pourquoi cette histoire ! »

Je demande au hasard.

« Tu crois qu'on aime de nouveau la vie ?

— La vie, la mort, on ne sait plus ce que c'est ! Seulement : il faut faire ce geste-là. J'avais les coudes serrés contre les côtes, les deux mains posées sur le manche du couteau. Il n'y avait qu'à enfoncer. Non... Tu ne peux pas imaginer; j'aurais haussé les épaules... Idiot, tout ça, idiot ! Mes motifs, je les avais même oubliés. Il fallait parce qu'il fallait, voilà... Alors j'étais stupéfait. Honteux surtout, honteux. Je me trouvais si dégoûtant que je ne devais plus être

bon qu'à me jeter dans le canal. C'est bête,
hein ? Oui, bête. Ça a duré longtemps... C'est le
jour qui a fini tout. On ne peut pas se tuer
quand il fait jour. Se tuer en y pensant, je veux
dire. D'un seul coup, comme ça, sans faire attention, peut-être... Mais pas...

« J'ai mis du temps à me retrouver... »

Il rit, et son rire est si faux que je vais jusqu'à la fenêtre, comme pour regarder si Garine
ne vient pas encore. J'entends, malgré le ventilateur, ses ongles qui tambourinent sur l'osier
du fauteuil. Il parlait pour lui-même... Lourdement, pensant dissiper son malaise en insis-
tant, en me montrant qu'il juge lucidement de
tout cela, il continue :

« C'est difficile... pour ceux qui font ça parce
qu'ils en ont assez, il y a des moyens d'y arriver,
sans trop se rendre compte... Mais Tcheng-
Daï, lui, il se tue pour une chose à quoi il
tient, tu comprends; à quoi il tient plus qu'à
tout le reste. Plus. S'il réussit, alors c'est le geste
le plus noble de sa vie, oui. C'est pourquoi il
ne peut pas employer des moyens. Pas possible.
Ce ne serait plus la peine...

— L'exemple serait le même...

— Ça ! ça, tu ne peux pas comprendre !...
Toi, tu dis : un exemple. Que c'est difficile !
C'est un peu comme les Japonais, tu com-
prends ? Tcheng-Daï il ne fait pas ça pour res-

ter digne de lui-même. Ni pour vivre... mu-
thig... comment, en français ?... héroïquement,
oui. Lui, Tcheng, c'est pour rester digne de
ce que... de sa mission. Alors, il ne peut pas,
tu penses bien... se tuer par surprise !

« Et quand même... »

Mais il se tait soudain et écoute :

Une auto s'arrête, un bourdonnement de
voix : « Je t'attends à six heures. » L'auto démarre.

Garine.

« Klein, Borodine t'attend. »

Il se tourne vers moi : « Montons. » Et, à
peine assis :

« Que te racontait-il ?

— Qu'il est impossible que Tcheng se soit
tué.

— Oui, je sais, il disait toujours que jamais
il ne pourrait nous jouer ce tour-là. C'est à
voir.

— Qu'en penses-tu toi-même ?

— Rien de net encore.

— Et lui ?

— Qui, lui ? Borodine ? Non. Tu as tort de
sourire : nous n'y sommes pour rien, j'en suis
certain. Même secondairement, même acciden-
tellement. Il était aussi stupéfait que moi.

— Non, mais ?... Et les tuyaux donnés à
Hong ?

— Oh ! cela, c'est une autre affaire. D'après le premier rapport, il n'est nullement certain que Hong y soit pour quelque chose : la garde militaire n'a pas cessé sa faction, et personne n'est entré. Mais peu importe. Nous avons bien autre chose à faire. D'abord, les affiches. Note et traduis ceci :

« *N'oublions jamais qu'un homme respecté par toute la Chine, Tcheng-Daï, a été assassiné hier, lâchement, par les agents de nos ennemis.*

« Et pour une autre affiche que l'on devra coller *A COTÉ* :

« *Honte à l'Angleterre, honte aux assassins de Shanghaï et de Canton !*

« Tu mettras dans le coin de la seconde, en petits caractères : 20 mai-25 juin (l'histoire de Shanghaï et celle de Shameen).

« Bon. On comprendra. Maintenant, le communiqué aux sections : Tcheng-Daï ne s'est pas suicidé, il a été assassiné par les agents anglais. Rien n'empêchera le Bureau politique de faire justice.

« Fleuri, mais court.

— Tu abandonnes les terroristes ?

— Hong-Kong d'abord. C'est un coup à accrocher le décret ! »

Il s'assied. Pendant que je traduis, il dessine des oiseaux fantastiques sur le buvard, se lève, marche de long en large, revient au bu-

reau, recommence à dessiner, abandonne encore
son crayon, examine avec attention son revolver,
et enfin réfléchit, le menton dans ses mains. Je
lui remets les deux traductions.

« Tu es tout à fait sûr de tes deux textes ?

— Tout à fait sûr. Dis donc, ça te serait peut-
être égal de me dire à quoi ça sert ?

— Ça se voit.

— Pas très bien.

— Ça se colle sur les murs, figure-toi. »
Je le regarde, interloqué.

« Mais voyons, avant que ton affiche soit
imprimée, tous les Chinois auront lu l'autre ?...

— Non.

— Tu veux les faire arracher ? C'est long.

— Non ! Je les fais recouvrir. Les troupes
qui nous suivent seront employées de diverses
façons et ne viendront pas dans la ville avant
midi. A cinq heures, les irréguliers circuleront
en tirant des coups de fusil. La police est pré-
venue. Les bourgeois n'oseront pas sortir pendant plusieurs heures. Les autres ne savent pas
lire. D'ailleurs presque toutes leurs affiches seront recouvertes avant trois heures. Demain —
ou plutôt aujourd'hui : il est une heure — à
huit heures, il y en aura cinq mille des nôtres,
sur les murs. Nous en tirerons cent mille sous
forme de papillons. Vingt ou cinquante affiches
que nous aurons oublié de recouvrir ne pour-

ront rien contre cela, d'autant plus qu'elles ne seront pas connues avant les nôtres !

— Et s'ils profitaient de cette mort pour tenter quelque chose ?

— Rien à faire. C'est trop tôt, ils n'ont presque pas de troupes; eux-mêmes n'oseront pas. Quant au peuple, à supposer qu'il ne nous crût pas sans réserves, il hésiterait. On ne fait pas un mouvement populaire avec des hésitants. Non, ça va.

— S'il ne s'est pas tué...

— S'il s'était tué, nous aurions bien d'autres choses contre nous !

— ... il faut admettre que ce sont ceux qui bénéficient de l'affiche bleue qui l'ont « suicidé » ?

— Ceux qui ont fait l'affiche sont dans la même position que nous. Ils ont reçu leurs renseignements plus tôt, voilà tout. Et ils les ont utilisés le plus vite possible. Nous aussi, nous faisons des affiches. Oh ! nous saurons bientôt à quoi nous en tenir ! Mais, pour le moment, il faut parer au plus pressé. Il se pourrait fort bien que cette mort fût une affaire... »

Nous descendons presque en courant.

« Et Borodine ?

— Je l'ai vu en passant. Malade. Chacun son tour. Je me demande si l'on n'a pas tenté de l'empoisonner. Ses boys sont sûrs, et, de plus... »

La phrase est coupée net. Descendant très vite derrière moi, il a manqué une marche et a pu, juste à temps, saisir les barreaux de la rampe. Il s'arrête une seconde, reprend sa respiration, rejette ses cheveux en arrière et recommence à descendre aussi vite qu'il le faisait avant sa chute, en parlant :

« Et de plus, surveillés... »

L'automobile.

« A l'imprimerie. »

Nous posons nos revolvers sur la banquette, à portée de la main. La ville semble fort calme... A peine notre course nous laisse-t-elle distinguer, comme des raies, les lumières électriques que nous dépassons, et, plus loin, les échoppes closes de planches mal jointes qui laissent passer une faible clarté. Pas de lune, pas de maisons découpées. La vie est collée au sol : quinquets, marchands ambulants, gargotes, lampes à la flamme droite dans la nuit chaude et sans air, ombres rapides, silhouettes immobiles, phonographes, phonographes... Au loin, pourtant, des coups de fusil.

Voici l'imprimerie. Notre imprimerie. Un long hangar... A l'intérieur, la lumière est si intense que nous sommes d'abord obligés de fermer les yeux. Les ouvriers qui travaillent là sont tous du Parti, et choisis; néanmoins, cette nuit, les portes sont gardées militairement. Les soldats attendaient notre arrivée. Un lieutenant très jeune — un cadet — vient prendre les ordres de Garine. « Ne laisser entrer ni sortir personne. » Le travail commencé est suspendu. Je tends les deux traductions au directeur de l'imprimerie — un Chinois — qui les découpe avec soin en lignes verticales et donne une ligne à chaque compositeur.

« Corrige, me dit Garine, et apporte-moi la première feuille tirée. Je serai à la Sûreté. Sinon, tu m'y attendras. Je vais te faire envoyer une auto. »

Les deux textes sont rapidement composés. Le directeur recolle les lignes les unes à côté des autres et me passe le placard d'épreuves; aucun des ouvriers ne connaît le sens de l'affiche qu'il a contribué à imprimer.

Deux machines sont arrêtées et leurs conducteurs attendent les « formes » que nous allons leur apporter. Peu de fautes. Encore deux minutes pour les corrections. Et les formes sont portées sur la machine, calées à la fois avec les mains et avec les pieds nus.

Je prends la première feuille tirée et pars.

Une auto est là, qui me mène à toute vitesse à la Sûreté. Au loin, quelques coups de feu. A la porte, un cadet m'accueille puis me conduit au bureau où Garine m'attend, à travers des corridors déserts (éclairés par des ampoules éloignées les unes des autres, entourées de halos), et où le son des pas prend l'ampleur et la netteté des sons nocturnes. Je commence à éprouver une fatigue diffuse mêlée d'exaltation, et à sentir dans ma gorge le goût des nuits blanches : fièvre et alcool...

Un grand bureau bien éclairé. Garine y marche de long en large, le visage exténué, les mains dans ses poches. Contre le mur, un lit de camp chinois en bois découpé sur lequel Nicolaïeff est couché.

« Alors ? »

Je lui tends l'affiche.

« Fais attention, l'encre est fraîche : j'en ai plein les mains. »

Il hausse les épaules, déploie l'affiche, la regarde et rentre les lèvres comme s'il les rongeait. (Ne pas savoir le cantonais ni les caractères, ou plutôt savoir très mal l'un et les autres, l'exaspère, et il n'a plus le temps d'apprendre.)

« Tu es sûr que c'est bien ?

— Sois tranquille. Dis donc, tu sais qu'on commence à se battre dans les rues ?

— A se battre ?

— Enfin, je ne sais pas, mais j'ai entendu tirer en venant.

— Les coups étaient nombreux ?

— Oh ! non, espacés.

— Bon. Alors ça va. Ce sont nos hommes qui commencent à descendre des colleurs d'affiches bleues. »

Il se retourne vers Nicolaïeff, qui est couché sur le côté, la tête appuyée sur le coude :

« Continuons. Connais-tu, parmi les leurs, un type pas très courageux, mais qui puisse savoir quelque chose ?

— Je pense que je comprends ce que tu entends par un type pas très courageux ?...

— Oui.

— A mon avis, aucun homme n'est très courageux, dans ces conditions-là.

— Si. »

Garine a les bras croisés, les yeux fermés : Nicolaïeff le regarde d'une façon singulière, presque avec haine...

« Si. Hong ne parlerait pas.

— On peut essayer...

— Inutile !

— Tu as de bons sentiments à l'égard de tes anciens amis. C'est bien, ça. Comme tu voudras... »

Garine hausse les épaules.

« Oui ou non ! »

L'autre se tait. Nous attendons.

« Ling, peut-être...

— Ah ! non ! pas de peut-être, hein !

— Mais c'est toi qui me fais dire peut-être...

Je te dis qu'il n'y a pas le moindre doute. Quand on a vu les types chercher leurs parents ou leurs femmes parmi les paquets, les soirs de difficultés, quand on a vu les Chinois interroger les prisonniers, on sait à quoi s'en tenir...

— Ling, c'est un chef de syndicat ?

— Syndicat des coolies du port.

— A ton avis, il est renseigné ?

— On verra... Enfin, à mon avis, oui.

— Bon : entendu. »

Nicolaïeff s'étire, s'appuie au bras du fauteuil et se lève, non sans peine.

« Je pense que nous l'aurons demain... »

Et, souriant à demi, avec une attitude singulière de déférence et d'ironie :

« Alors ? Qu'est-ce qu'on fait ? »

Garine répond d'un geste : « Peu m'importe. » Une légère expression de dédain passe sur le visage de Nicolaïeff. Garine le regarde, la mâchoire en avant, et dit :

« L'encens[1]. »

L'obèse ferme les yeux en signe d'assentiment, allume une cigarette et, pesamment, s'en va.

---

1. La strangulation lente. L'encens sert alors à ranimer les patients.

*

Le lendemain.

Je quitte mon auto devant le marché dont les longs bâtiments bordent le ciel précieux de raies de plâtre, rugueuses dans la fluidité de la lumière. Toutes les échoppes où l'on vend à boire sont envahies par des hommes vêtus de toile brune ou bleue comme les ouvriers du port. Dès que l'auto s'arrête, des cris s'élèvent, longs, soutenus, portés par cet air transparent comme par celui d'une rivière. Et les hommes quittent les échoppes, rapidement, fouillant dans leurs poches pour y mettre la monnaie des pièces qu'ils viennent d'en sortir, se hâtant, se bousculant. Ils montent, un à un, dans les autobus et les camions réquisitionnés qui les attendent à l'extrémité du mur blanc. De nouveau, les chefs appellent : quelques hommes sont absents. Mais les voici qui arrivent en courant, criant eux aussi, tenant entre leurs dents de courts saucissons, rattachant leur pantalon... Et, un à un, lourdement, avec un lent fracas, les camions s'ébranlent.

La deuxième section de Propagande, précédant l'armée rouge, s'en va.

Nos affiches sont collées sur tous les murs.

Le faux testament de Tcheng-Daï — partout
recouvert maintenant — imprimé dans l'espoir d'un soulèvement populaire, mais sans
préparation, vient trop tard; il semble qu'aucune insurrection ne se prépare. La défaite de
Tang a-t-elle été une leçon ? La crainte de
l'arrivée de Tcheng-Tioung-Ming à Canton
agit-elle contre toute nouvelle tentative de
révolte ?

Les cadets parcourent la ville.

Pendant toute la matinée, les agents se succèdent chez Garine, dont cette nuit blanche a
encore creusé le visage. Affalé sur le bureau, la
tête dans la main gauche, il dicte ou donne des
ordres, à bout de nerfs. Il a fait imprimer de
nouvelles affiches : *La fin de Hong-Kong*. Les
Anglais quitteraient la ville en grand nombre,
les banques auraient annoncé la fermeture
définitive de leurs agences. (C'est faux : les
banques, obéissant aux ordres de Londres, continuent à aider autant qu'elles le peuvent — non
sans rechigner — les entreprises anglaises.) Mais,
d'autre part, afin d'obliger le Comité des Sept
à le suivre, il fait annoncer par nos agents que
Chowtchow est tombée, et que l'armée rouge —
la seule à laquelle le peuple soit attaché — n'est
pas encore montée en ligne.

A midi, les éditions spéciales des journaux,
des affiches et de larges pancartes de calicot

promenées à travers la ville ont annoncé que les commerçants et industriels de Hong-Kong (presque toute la population européenne) réunis au grand théâtre, hier, ont télégraphié au roi pour demander l'envoi en Chine de troupes anglaises. Cela est exact.

Borodine a déclaré au Comité qu'il ne s'opposait pas à la promulgation des décrets proposés par Tcheng-Daï contre les terroristes, et ces décrets seront appliqués à partir d'aujourd'hui. Mais nos indicateurs affirment qu'aucune réunion anarchiste n'aura lieu. Ling n'est pas encore arrêté; quant à Hong, il a disparu. Les terroristes ont décidé de ne plus intervenir que par « l'action directe » — c'est-à-dire par les exécutions.

Plus tard.

Tcheng-Tioung-Ming avance toujours.

A Hong-Kong, les dépêches annoncent, avec des titres énormes : « La débâcle de l'armée cantonaise. » Les Anglais, dans le hall des hôtels et devant les agences, attendent anxieusement les nouvelles de la guerre; mais, dans le port que raie seulement le sillage de jonques lentes, les paquebots sont toujours immobiles, comme s'ils s'enfonçaient peu à peu dans l'eau, épaves.

L'anxiété des Chinois au pouvoir, ici, est extrême. L'entrée de Tcheng à Canton, c'est pour eux le supplice ou l'exécution au coin d'une rue, par ces pelotons dont les officiers pressés n'ont pas même le temps de contrôler l'identité des fusillés. L'idée de la mort est dans les conversations, dans les yeux, dans l'air, constante, présente comme la lumière...

Garine prépare le discours qu'il prononcera demain aux funérailles de Tcheng-Daï.

Le lendemain, 11 heures.

Un grondement lointain de tambours et de gongs que percent des sons de violon monocorde et de flûte, modulés et soudain criards, puis adoucis; sons de cornemuse, fins, linéaires malgré les notes aiguës, au milieu d'une rumeur à la fois crépitante et assourdie de socques et de paroles rythmées par les gongs. Je me penche à la fenêtre : le cortège ne passe pas devant moi, mais à l'extrémité de la rue. Un tourbillon d'enfants qui courent en regardant derrière eux, le cou retourné, comme des canards, un nuage de poussière sans contours qui avance, une masse indistincte de corps vêtus de blanc, dans laquelle semblent piquées des oriflammes de soie cramoisie, pourpre, cerise, rose, grenat, vermillon, carmin : tous les tons du rouge. La foule forme la haie, et je ne vois qu'elle : le cortège est caché... Pas tout à fait : deux grands mâts passent, soutenant une banderolle horizontale de calicot blanc, oscillant comme des mâts de navire, et accompagnant en s'inclinant les coups sinistres des grosses caisses qui dominent tous les cris. Je distingue les caractères qui couvrent la banderolle : « Mort aux Anglais... » Puis, rien que la haie au bout de la rue, la poussière qui s'élève lentement et la musique martelée par les gongs. Voici maintenant les offrandes : fruits, énormes natures mortes tropicales, surmontées d'écriteaux couverts de caractères; elles aussi oscillent, se balançent, portées par des hommes, comme si elles allaient tomber; et le catafalque passe, traditionnel, longue pagode de bois sculpté rouge et or, élevé sur les épaules de trente porteurs très grands dont j'entrevois les têtes et dont j'imagine la marche rapide, la claudication, les jambes lancées d'un coup, toutes à la fois, dans ce mouvement commun qui fait tanguer et rouler comme un navire, lentement, l'énorme masse rouge sombre. Qu'est-ce donc qui la suit ?... On dirait une maison de calicot... Oui, c'est une maison de toile tendue sur une ossature de bambous, portée, elle aussi, par des hommes, et qui avance par saccades... Rapidement, je passe dans la pièce voisine et prends, dans le tiroir de Garine, ses jumelles. Je reviens : la maison est encore là. Sur les murs sont peintes de grandes figures : Tcheng-Daï y est figuré, mort, au-dessous d'un soldat anglais qui le perce d'une baïonnette. La peinture est entourée d'une légende en caractère vermillon : « Mort à ces brigands d'Anglais », puis-je lire au moment même où l'étrange symbole disparaît, caché par le coin de la rue comme par un portant de théâtre. Maintenant, je ne vois plus que d'innombrables petites pancartes, qui suivent la maison de toile comme des oiseaux un navire, et proclament, elles aussi, la haine de l'Angleterre... Puis, des lanternes, des bâtons, des casques brandis; puis, plus rien... Et la haie d'hommes qui fermait la rue se désagrège, tandis que le son des tambours et des gongs s'éloigne et que la poussière monte avec lenteur et va se perdre dans la lumière.

Quelques heures plus tard, bien avant le retour de Garine, certaines phrases de son discours commencent à bourdonner, de secrétaire à secrétaire, dans les bureaux de la Propagande. Obligé, comme Borodine, de parler en public par l'intermédiaire d'un interprète chinois, Garine s'exprime par phrases courtes, par formules. Aujourd'hui, j'entends, au hasard des bureaux et des heures : « Hong-Kong, qui étale en face de notre famine sa richesse mal acquise de gardien de prison... Hong-Kong, porte-clefs... En face de ceux qui parlent, ceux qui agissent; en face de ceux qui protestent, ceux qui chassent de Hong-Kong les Anglais, comme des rats... Comme l'honnête homme qui coupa d'un coup de hache la main du voleur qui tentait d'ouvrir sa fenêtre, vous posséderez, demain, la main coupée de l'impérialisme anglais, Hong-Kong ruinée... »

Une foule d'ouvriers passe dans la rue; ils élèvent des bannières sur lesquelles je lis : Vive l'armée rouge. Ils se rendent devant les fenêtres de la salle où siège le Comité des Sept. Tantôt proches, tantôt éloignés, comme un troupeau dont les animaux se dispersent et se regroupent, des cris : « Vive l'armée rouge », solitaires, séparés ou réunis en clameur, emplissent la rue. La Chine entre, s'impose à moi avec ces cris, la Chine que je commence à connaître, la Chine où les élans d'un idéalisme sauvage viennent recouvrir une canaillerie sage et basse, comme, dans l'odeur qui entre avec l'agitation de la ville par mes fenêtres ouvertes, l'odeur du poivre domine celle de la décomposition. En face de « Vive l'armée rouge » et de Tcheng-Daï enseveli sous ses funérailles, monte de mes dossiers une foule d'ambitions crochues, de volontés de considération, un monde d'agences électorales, de dons louches au parti, de concussions, de propositions concernant la vente de l'opium, d'achats plus ou moins déguisés de fonctions, de francs chantages; un monde qui vit de l'exploitation des principes San-Min comme il l'eût fait du mandarinat. Une partie de cette bourgeoisie chinoise dont les révolutionnaires parlent avec tant de haine est à leur côté, installée dans la révolution. « Il faut passer à travers tout cela, m'a dit un jour Garine, comme un coup de pied bien dirigé à travers un tas d'ordures... »

Le lendemain.

Pas de nouvelles des terroristes : Ling, l'homme dont parlait Nicolaïeff, est toujours en liberté. Depuis la nomination de Borodine (qui, toujours malade, ne quitte pas sa maison), six des nôtres ont été assassinés.

Et Hong-Kong se défend. Le Gouverneur s'est adressé au Japon et à l'Indochine française; dans quelques jours, des coolies partiront de Yokohama et de Haïphong et viendront remplacer les grévistes. Il faut que ces coolies envoyés à grands frais se trouvent à Hong-Kong en face de montagnes de riz sans acheteurs, de maisons de commerce sans espoir.

« Canton est la clef avec laquelle les Anglais ont ouvert les portes de la Chine du Sud, disait hier Garine dans son discours. Il faut que cette clef ferme encore à bloc, mais qu'elle n'ouvre plus. Il faut que soit promulguée l'interdiction aux navires qui font escale à Hong-Kong de mouiller à Canton... » Déjà, dans l'esprit des étrangers, Hong-Kong, port anglais, territoire de la Couronne, devient un port chinois toujours troublé, et les bateaux étrangers commencent à l'oublier...

Les courriers et les grands cargos ne pénètrent plus dans la baie de Hong-Kong que pour y demeurer quelques heures; leur fret est déchargé à Shanghaï, où, par l'intermédiaire d'agents chinois, les Anglais s'efforcent de créer dans la ville indigène une nouvelle organisation susceptible de faire pénétrer dans l'intérieur les marchandises commandées en Angleterre par les sociétés de Hong-Kong; c'est, de nouveau, la tentative qui a échoué à Souatéou.

*

Le Comité des Sept vient de faire une nouvelle démarche pour demander l'entrée en campagne de l'armée rouge et l'arrestation des principaux terroristes. Le délégué du Comité

affirme que le décret exigé par Garine sera signé avant trois jours... Toute la journée, une
foule menaçante (et fort bien organisée) accla-
mant l'armée rouge, a entouré l'immeuble où
le Comité siège.

Le lendemain.

Ling a été arrêté hier; nous recevrons sans
doute cet après-midi les renseignements que
nous attendons de lui. Dans l'inquiétude causée
par l'avance des troupes ennemies, les bureaux
de la Propagande travaillent avec une extrême
activité. Les agents qui précèdent l'armée ont
été instruits avec précision : leurs chefs ont
reçu les indications de Garine lui-même. Je les
ai vus passer dans le couloir, les uns après les
autres, souriants... Nous avons renoncé à l'emploi des tracts; le grand nombre d'agents dont
nous disposons nous permet de substituer à
toutes les autres la propagande orale, la plus
dangereuse, celle qui coûte le plus d'hommes,
mais la plus sûre. Liao-Chung-Hoï, le commissaire aux finances du Gouvernement (que les
terroristes veulent assassiner), est parvenu, grâce
à un nouveau système de perception des impôts
établi par des techniciens de l'Internationale,
à récupérer des sommes importantes, et les fonds
de propagande sont, de nouveau, suffisants.

Dans quelques semaines, le service du ravitaillement de l'ennemi et toute l'administration seront désorganisés; et il est difficile d'obliger à combattre des mercenaires sans solde. De plus, une centaine d'hommes, dont leurs chefs répondent, vont se faire engager par Tcheng-Tioung-Ming, sachant fort bien qu'ils risquent d'être fusillés, et par lui, comme traîtres, et par nos troupes, comme ennemis : avant-hier, trois de nos agents, découverts, ont été étranglés après avoir été torturés pendant plus d'une heure.

Les chefs des sections de propagande à l'armée de Tcheng sont partis entre deux rangs de portes entrouvertes : les jeunes Chinois aux vestons cintrés et aux larges pantalons, qui n'aiment pas à se nourrir de mets nationaux et s'expriment de préférence en anglais, ceux qui reviennent des universités d'Amérique et ceux qui reviennent des universités russes, les « affectés » et les « ours léninistes » regardaient passer, avec une condescendance dédaigneuse, les agents qui partaient s'engager dans les troupes ennemies...

*

Chacun son tour.
Nouvelles de Shanghaï :

Suivant les directives du Kuomintang, la Chambre de commerce chinoise décrète la confiscation des marchandises britanniques qui se trouvent entre les mains des Chinois. Elle interdit, à partir du 30 juillet, et pour une durée d'un an, l'achat de toute marchandise anglaise, le transfert de toute marchandise par un navire anglais.

Les journaux de Shanghaï déclarent que le trafic britannique se trouvera réduit de quatre-vingts pour cent.

Ce trafic (Hong-Kong mis à part) a été évalué l'année dernière à vingt millions de livres.

Hong-Kong ne peut plus compter que sur l'armée de Tcheng-Tioung-Ming.

Nicolaïeff a reçu les mots suivants, écrits en capitales : « SI LING N'EST PAS EN LIBERTÉ DEMAIN, LES OTAGES SERONT EXÉCUTÉS. » Les terroristes possèdent-ils réellement des otages ? Nicolaïeff ne le croit pas. Mais nombre des nôtres sont envoyés en mission et nous manquons de tout moyen de contrôle.

6 heures.

Un planton de la prison apporte à Garine des papiers : l'interrogatoire de Ling.

« Il a parlé ?

— Encore un qui donne raison à Nicolaïeff, répond Garine. Ah ! il n'y a pas beaucoup d'hommes qui résistent à la souffrance...

— Et... ç'a été long ?

— Penses-tu !

— Que va-t-on en faire ?

— Que diable veux-tu qu'on en fasse ? On ne met pas un chef terroriste en liberté.

— Alors ?

— Les prisons sont pleines, bien entendu... Et enfin, il sera jugé par le tribunal spécial. Oui, tout s'apprend comme dit Nicolaïeff : primo, où est Hong; secundo, que c'est bien par son ordre que Tcheng-Daï a été tué : le meurtrier est l'un des boys.

— Mais nous avions des indicateurs à l'intérieur ?

— Un seul : ce boy, indicateur double. Il nous a joués, mais pas longtemps. Bien entendu, il est déjà pris. Un peu plus tard, il servira pour un procès, s'il y a lieu...

— Un peu dangereux, non ?

— Si Nicolaïeff lui supprime sa drogue quelques jours et lui promet qu'il ne sera pas exécuté, il parlera comme il convient...

— Dis donc, il y a encore des types qui croient aux promesses de ce genre ?

— La suppression de l'opium suffirait... »

Il s'arrête, hausse les épaules, lentement.

« C'est terriblement simple, un homme qui va mourir... »

Et, quelques minutes plus tard, comme s'il suivait sa pensée :

« D'ailleurs, presque toutes mes promesses, à moi, ont été tenues...

— Mais comment veux-tu qu'ils distinguent...

— Qu'est-ce que tu veux que j'y fasse ? »

8 août.

Hong a été arrêté hier soir.

*

Les Anglais, à Hong-Kong, réunissent peu à peu les ouvriers qui doivent reprendre le travail du port. Lorsqu'ils disposeront d'un assez grand nombre de ces hommes — Annamites et Japonais — qui, actuellement, attendent dans des baraquements les ordres du gouverneur, ils réorganiseront leurs services, et l'activité de la ville, d'un coup, renaîtra. Que notre action faiblisse, et toute une ville de bateaux chargés de marchandises reprendra le chemin de Canton, et la puissante carcasse d'île retrouvera la vie qui l'a abandonnée... A moins que le décret que nous attendons ne soit signé. Mais ce décret, c'est la reconnaissance de la guerre des syndicats, c'est l'affirmation de la volonté du

Gouvernement cantonais lui-même — et de la puissance de l'Internationale en Chine...

Le lendemain.

Garine est assis derrière son bureau, très fatigué, le dos voûté, le menton dans les mains, et les coudes, comme à l'ordinaire, appuyés sur des papiers qu'ils font bouffer. Sa ceinture est allongée sur une chaise. Entendant des pas, il ouvre les yeux, écarte lentement de la main ses cheveux qui pendent, et lève la tête : Hong entre, suivi de deux soldats. Il ne s'est pas laissé arrêter sans lutte : des traces de coups ont marqué son visage où brillent, douloureux, ses petits yeux d'Asiatique. Dès qu'il est entré dans la pièce, il s'arrête, les bras derrière le dos, les jambes écartées.

Garine le regarde et, engourdi par la fièvre, attend. Son corps est complètement affaissé. Sa tête exténuée dérive lentement de droite à gauche, comme s'il allait s'endormir... Soudain il respire profondément; il s'est ressaisi. Il hausse les épaules. Hong, qui, à ce moment même, lève les yeux, les sourcils froncés, le voit, échappe un instant aux soldats et tombe, arrêté par un coup de crosse. Il avait vu le revolver de Garine dans sa gaine, sur la chaise, et se jetait dessus.

Il se relève.

« En voilà assez », dit Garine en français. Et, en cantonais : « Emmenez-le. »

Les soldats l'emmènent.

Silence.

« Garine, par qui doit-il être jugé ?

— ... Quand j'ai vu qu'il était là, j'ai failli me lever et lui dire : « Alors, quoi ? » comme à un gosse qui a fait des blagues. C'est pour cela que j'ai haussé les épaules et qu'il a cru que je l'insultais... Encore un... Bêtise ! »

Puis, comme s'il entendait soudain la question que je lui ai posée, il ajoute d'un ton plus rapide :

« Il n'est pas encore jugé. »

Le lendemain.

Garine est en train de donner à un fabricant de montres des photos de Tcheng-Daï et de Sun-Yat-Sen ornées d'inscriptions antianglaises — modèles de boîtiers. Un planton apporte un pli cacheté.

« Qui a apporté ça ?

— Permanence des gens de mer, Commissaire.

— Le porteur est là ?

— Oui, Commissaire.

— Fais-le entrer. Allez ! Tout de suite ! »

Entre un coolie, rattachant à son bras le brassard du Syndicat des gens de mer.

« C'est toi qui as apporté ça ?

— Oui, Commissaire.

— Où sont les corps ?

— A la Permanence, Commissaire. »

Garine m'a passé le pli décacheté : les corps de Klein et de trois Chinois assassinés ont été retrouvés dans une maison de prostitution, le long du fleuve. *Les otages...*

« Où sont les objets ?

— Je ne sais pas, Commissaire.

— Enfin, quoi, on a vidé leurs poches ?

— Non, Commissaire. »

Garine, aussitôt, se lève, prend son casque et me fait signe de le suivre. Le coolie monte à côté du chauffeur, et nous partons.

Dans l'auto :

« Dis donc, Garine ? Il vivait ici avec une Blanche, Klein, n'est-ce pas ?

— Et après ! »

Les corps ne sont pas à la Permanence, mais dans la salle des réunions. Un Chinois veille à la porte, assis par terre; près de lui un gros chien qui veut entrer; chaque fois que le chien approche, le Chinois allonge une jambe et lui envoie un coup de pied. Le chien saute et s'écarte, sans crier; puis il se rapproche. Le

Chinois nous regarde venir. Lorsque nous arrivons devant lui, il appuie la tête contre le mur, ferme à demi les yeux et pousse la porte de la main, sans se lever. Le chien, à quelque distance, tourne autour de lui.

Nous entrons. Atelier désert, au sol de terre battue, avec des amas de poussière dans les coins. Bien que tamisée par des vitres bleues du toit, la lumière est éclatante et, dès que je lève les yeux, je vois les quatre corps, *debout*. Je les cherchais à terre. Ils sont déjà raides, et on les a posés contre le mur, comme des pieux. J'ai d'abord été saisi et presque étourdi : ces corps droits ont quelque chose, non de fantastique, mais de surréel, dans cette lumière et ce silence. Je retrouve maintenant ma respiration et, avec l'air que j'aspire, une odeur m'envahit qui ne ressemble à aucune autre, animale, forte et fade à la fois : l'odeur des cadavres.

Garine appelle le gardien, qui se lève, lentement, comme à regret, et s'approche.

« Apporte des toiles ! »

Appuyé à la porte, l'homme le regarde d'un air ahuri et semble ne pas comprendre.

« Apporte des toiles ! »

Il ne bouge pas davantage. Garine, les poings fermés, avance, puis s'arrête.

« Dix taels si tu apportes les toiles avant une demi-heure. Tu m'entends ? »

Le Chinois s'incline et part.

Les paroles ont fait pénétrer dans la salle quelque chose d'humain. Mais, me retournant, je vois le corps de Klein — je le reconnais aussitôt, à cause de sa taille — une large tache au milieu du visage : la bouche agrandie au rasoir. Et aussitôt mes muscles, de nouveau, se contractent, à tel point cette fois que je serre mes bras contre mon corps et que je suis obligé de m'appuyer — moi aussi — contre le mur. Je détourne les yeux : blessures ouvertes, grandes taches noires de sang caillé, yeux révulsés, tous les corps sont semblables. Ils ont été torturés... Une des mouches qui volent ici vient de se poser sur mon front, et je ne peux pas, je ne peux pas lever mon bras.

« Il faudrait pourtant lui fermer les yeux », dit Garine, presque à voix basse, en s'approchant du corps de Klein.

Sa voix me réveille, et je chasse la mouche avec un réflexe rapide, violent, maladroit. Garine approche deux doigts écartés en ciseaux des yeux — des yeux blancs.

Sa main retombe.

« Je crois qu'ils ont coupé ses paupières... »

Il ouvre maladroitement la tunique de Klein, en tire un portefeuille dont il examine le contenu. Il met à part une feuille pliée et relève la tête : le Chinois revient, tenant entre ses doigts

les bâches dépliées, qui bouillonnent et traînent.
Il n'a trouvé rien autre. Il commence à coucher les corps côte à côte. Mais nous entendons
des pas, et une femme entre, les coudes collés au
corps, voûtée. Garine saisit mon bras brutalement et recule.

« Elle aussi ! dit-il très bas. Quel crétin a
bien pu lui dire qu'il est ici ? »

Elle ne nous a pas regardés. Elle va droit
à Klein, heurte en passant un des corps couchés, titube... Elle est en face de lui, et le
regarde. Elle ne bouge pas, ne pleure pas. Les
mouches autour de sa tête. L'odeur. Dans mon
oreille, la respiration chaude, haletante, de
Garine.

D'un seul coup, elle tombe sur les genoux.
Elle ne prie pas. Elle est accrochée au corps par
ses mains aux doigts écartés, encastrés dans les
flancs. On dirait qu'elle s'est agenouillée devant
les tortures que représentent toutes ces plaies
et cette bouche qu'elle regarde, ouverte jusqu'au menton par un sabre ou un rasoir... Je
suis certain qu'elle ne prie pas. Tout son corps
tremble... Et, d'un coup, comme elle est tombée à genoux tout à l'heure, elle saisit à pleins
bras le corps; l'étreinte est convulsive; elle
remue la tête avec un mouvement incroyablement douloureux de tout le buste... Avec une
terrible tendresse, elle frotte son visage sauva-

gement, sans un sanglot, contre la toile san-
glante, contre les plaies...

Garine, qui tient toujours mon bras, m'entraîne. A la porte, le Chinois s'est assis de nouveau; il ne regarde même pas. Mais il a tiré le
pan de la tunique de Garine. Celui-ci sort de
sa poche un billet, et le lui donne :

« Quand elle sera partie, tu les recouvriras
tous. »

Dans l'auto, il ne dit pas un mot. Il s'est
d'abord affaissé, les coudes sur les genoux. La
maladie l'affaiblit chaque jour. Les premiers
chocs l'ont fait sauter, et il s'est allongé, la
tête presque sur la capote, les jambes raides.

Quittant l'auto devant sa maison, nous montons dans la petite pièce du premier étage. Les
stores sont baissés; il semble plus malade et
plus fatigué que jamais. Sous ses yeux, deux
rides profondes, parallèles à celles qui vont du
nez aux extrémités de la bouche, limitent de
larges taches violettes; et ces quatre rides, tirant
sous ses traits comme la mort, semblent déjà
décomposer son visage. (« S'il reste encore
quinze jours, disait Myroff, il restera plus longtemps qu'il ne le souhaite... » Il y a plus de
quinze jours...) Il demeure quelque temps silencieux, puis dit, à mi-voix, comme s'il s'interrogeait :

« Pauvre type... Il disait souvent : la vie n'est pas ce qu'on croit...

« La vie n'est jamais ce qu'on croit ! jamais ! »

Il s'assied sur le lit de camp, le dos courbé; ses doigts, posés sur ses genoux, tremblent comme ceux d'un alcoolique.

« J'ai eu pour lui une amitié d'homme... Découvrir l'absence de paupières, et penser que l'on allait toucher des yeux... »

Sa main droite, involontairement, s'est crispée. Laissant aller tout son corps en arrière, il s'appuie au mur, les yeux fermés. La bouche et les narines sont de plus en plus tendues, et une tache bleue s'étend des sourcils à la moitié des joues.

« Je parviens souvent à oublier... Souvent... Pas toujours. De moins en moins... Qu'ai-je fait de ma vie, moi ? Mais, bon Dieu, que peut-on en faire, à la fin !... Ne jamais rien voir !... Tous ces hommes que je dirige, dont j'ai contribué à créer l'âme, en somme ! je ne sais pas même ce qu'ils feront demain... A certains moments, j'aurais voulu tailler tout ça comme du bois, penser : voici ce que j'ai fait. Edifier, avoir le temps pour soi... Comme on choisit ses désirs, hein ? »

La fièvre monte. Dès qu'il s'est animé, il a sorti de sa poche sa main droite et il accom-

pagne ses phrases du geste de l'avant-bras qui
lui est habituel. Mais le poing reste fermé.

« Ce que j'ai fait, ce que j'ai fait ! Ah ! là,
là ! je pense à l'empereur qui faisait crever les
yeux de ses prisonniers, tu sais, et qui les ren-
voyait dans leur pays, en grappes, conduits par
des borgnes : les conducteurs borgnes, eux aussi,
de fatigue, devenaient aveugles peu à peu.
Belle image d'Epinal pour exprimer ce que
nous foutons ici, plus belle que les petits dessins
de la Propagande. Quand je pense que toute
ma vie j'ai cherché la liberté !... Qui donc est
libre ici, de l'Internationale, du peuple, de moi,
des autres ? Le peuple, lui, a toujours la
ressource de se faire tuer. C'est bien quelque
chose...

— Pierre, tu as si peu confiance ?

— J'ai confiance en ce que je fais. En ce que
je fais. Quand je... »

Il s'arrête. Mais le visage sanglant et les yeux
blancs de Klein sont entre nous.

« Ce qu'on fait, quand on sait qu'on sera
bientôt obligé de cesser de le faire... »

Il réfléchit, et reprend amèrement :

« Servir, c'est une chose que j'ai toujours eue
en haine... Ici, qui a servi plus que moi, et
mieux ?... Pendant des années — des années
— j'ai désiré le pouvoir : je ne sais pas même
en envelopper ma vie. Klein était à Moscou,

n'est-ce pas, lorsque Lénine est mort. Tu sais que pour défendre Trotsky, Lénine avait écrit un article qui devait paraître dans... la *Pravda,* je crois. Sa femme l'avait remis elle-même. Le matin, elle lui a apporté les journaux : il ne pouvait presque plus bouger. « Ouvre ! » Il a vu que son article n'était pas publié. Sa voix était si rauque que personne n'a compris ses paroles. Son regard est devenu d'une telle intensité que tous ont suivi sa direction : il regardait sa main gauche. Il l'avait posée à plat sur les draps, la paume en l'air, comme ça. On voyait qu'il voulait prendre le journal, mais qu'il ne pouvait pas... »

Violemment, il a ouvert sa main droite, les doigts tendus, et, pendant qu'il continue à parler, il en recourbe les doigts à l'intérieur, lentement, et les regarde.

« Tandis que la main droite restait immobile, la gauche a commencé de refermer ses doigts, comme une araignée repliant ses pattes...

« Il est mort peu de temps après...

« Oui, Klein disait : comme une araignée... Depuis qu'il m'a raconté cela, je n'ai jamais pu oublier cette main-là, ni ces articles... refusés...

— Mais Klein était trotskyste. Tu ne veux pas que j'aille chercher de la quinine ?

— Mon père me disait : « Il ne faut jamais lâcher « la terre. » Il avait lu cela quelque part.

Il me disait aussi qu'il faut être attaché à soi-
même : il n'était pas d'origine protestante pour
rien. Attaché ! La petite cérémonie au cours
de laquelle on attachait un vivant à un mort
s'appelait... mariage républicain, n'est-ce pas ?
Je pensais bien qu'il y aurait encore de la
liberté là-dedans... L'autre m'a raconté...

— Qui ?

— Klein, naturellement ! que dans je ne sais
quelle ville où les cosaques étaient obligés de
nettoyer la population, un crétin reste plus de
vingt secondes le sabre levé au-dessus de la tête
des gosses : « Allons, grouille-toi ! hurle Klein.
— Je ne peux pas, répond l'autre. J'ai pitié.
« Alors, faut le temps... »

Il lève les yeux et me regarde, avec une
étrange dureté :

« Ce que j'ai fait ici, qui l'aurait fait ? Et
après ? Klein, son corps crevé partout, sa bouche agrandie au rasoir, sa lèvre pendante... Rien
pour moi, rien pour les autres. Sans parler des
femmes comme celle que nous avons vue tout à
l'heure, qui ne peuvent rien faire de plus que
frotter leur tête désespérée contre des plaies...
Quoi ? Oui, entrez ! »

C'est le planton de la Propagande qui apporte
une lettre de Nicolaïeff. Les troupes cantonaises, regroupées après leur défaite de Chowtchow, viennent d'être à nouveau battues par

Tcheng-Tioung-Ming, et le Comité fait appel
à l'armée rouge de la façon la plus pressante.
Garine sort de sa poche une feuille blanche,
écrit simplement : **LE DÉCRET**, signe, et
donne la feuille au planton.

« Pour le Comité.

— Tu n'as pas peur de les exaspérer ?

— Nous n'en sommes plus là ! Les discus-
sions, j'en ai assez. Je suis excédé de leur lâcheté, de leur besoin de ne jamais se compro-
mettre tout à fait. Ils savent qu'ils ne pourront
pas révoquer ce décret-là : le peuple ne pense
qu'à Hong-Kong (sans parler de nous). Et s'ils
ne sont pas contents...

— Eh bien ?

— Eh bien, avec toutes les sections auxquelles nous avons laissé leurs armes nous pouvons
jouer les Tang, au besoin. J'en ai assez !

— Mais si l'armée rouge était battue ?

— Elle ne le sera pas.

— Si elle l'était ?

— Quand on joue, on peut perdre. Cette
fois, nous ne perdrons pas. »

Et, tandis que je pars chercher la quinine, je
l'entends qui dit, entre ses dents :

« Il y a tout de même une chose qui compte,
dans la vie : c'est de ne pas être vaincu... »

*

Nous rentrons pour déjeuner, Garine et moi. Quatre coups de revolver; le soldat assis à côté du chauffeur se lève. Je regarde, et recule aussitôt la tête : une cinquième balle vient de frapper la portière. C'est sur notre auto que l'on tire. Le soldat riposte. Une vingtaine d'hommes s'enfuient, manches au vent. Deux corps par terre. L'un est celui d'un homme que le soldat a blessé par erreur, l'autre celui de l'homme au revolver : un parabellum tombé près de sa main ouverte, et qui luit dans le soleil.

Le soldat descend et s'approche de lui. « Mort », crie-t-il. Il ne s'est pas même baissé. Il appelle, demande des porteurs et une civière pour transporter à l'hôpital l'autre Chinois, blessé au ventre... L'auto, avec une secousse, passe le seuil.

« Le type était brave, me dit Garine en descendant. Il aurait pu essayer de fuir. Il n'a cessé de tirer que lorsqu'il est tombé... »

Pour descendre, il fait presque demi-tour, et je vois que son bras gauche est couvert de sang.

« Mais...

— Ce n'est rien. L'os n'est pas touché. Et la balle est ressortie. Allons, c'est raté ! »

En effet, il y a deux trous dans la tunique. « J'avais la main sur le dossier du siège du chauffeur. L'embêtant, c'est que je saigne comme un veau. Veux-tu aller chez Myroff ?

— Evidemment. Où est-ce ?

— Le chauffeur sait. »

Pendant que le chauffeur fait tourner l'auto pour repartir, Garine dit, entre ses dents :

« C'est peut-être dommage... »

Je reviens, accompagné de Myroff. Ce médecin maigre et blond, à tête de cheval, ne parlant couramment que le russe, nous nous taisons tous deux. Le chauffeur, pour pouvoir faire entrer l'auto, est obligé de disperser un cercle de badauds qui s'est formé autour de l'homme mort.

Garine est dans sa chambre. Je reste dans la petite pièce qui la précède, et j'attends...

Un quart d'heure plus tard, le bras en écharpe, il reconduit Myroff, revient, se couche en face de moi sur le lit de bois noir, avec une grimace, se retourne, cherche une place, se cale. Lorsqu'il se tient ainsi, presque dans l'ombre, je ne distingue de son visage que des lignes dures : la barre presque droite des sourcils, l'arête mince et éclairée du nez, les mouve-

ments de la bouche qui, lorsqu'il parle, se tend
vers le menton.

« Il commence à m'embêter, celui-là !

— Qui ? Myroff ? Il dit que c'est grave ?

— Ça ? (Il montre son bras.) Je m'en fous
pas mal. Non, il dit qu'il faut — qu'il faut
absolument — que je parte. »

Il ferme les yeux.

« Et ce qu'il y a de plus embêtant, c'est que
je crois qu'il a raison.

— Alors pourquoi rester ?

— C'est compliqué. Ah ! bon sang, qu'on
est mal sur ce lit de camp ! »

Il se dresse, puis s'assied, le menton dans la
main droite, le coude sur le genou, le dos en
arc. Il réfléchit.

« Ces temps derniers, j'ai été souvent obligé
de penser à ma vie. J'y pensais encore, tout à
l'heure, pendant que Myroff jouait les augures :
l'autre aurait pu ne pas me manquer... Ma vie,
vois-tu, c'est une affirmation très forte, mais,
quand j'y pense ainsi, il y a une image, un souvenir qui revient toujours...

— Oui, tu me l'as dit à l'hôpital.

— Non : mon procès, maintenant, je n'y
pense plus. Et ce dont je te parle n'est pas une
chose à laquelle je pense; c'est, un souvenir
plus fort que la mémoire. C'est, pendant la
guerre, à l'arrière. Une cinquantaine de batail-

lonnaires enfermés dans une grande salle, où
le jour pénètre par une petite fenêtre grillée.
La pluie est dans l'air. Ils viennent d'allumer
des cierges volés à l'église voisine. L'un, vêtu
en prêtre, officie devant un autel de caisses recouvertes de chemises. Devant lui, un cortège
sinistre : un homme en frac, une grosse fleur
de papier à la boutonnière, une mariée tenue
par deux femmes de jeu de massacre et d'autres
personnages grotesques dans l'ombre. Cinq
heures : la lumière des cierges est faible. J'entends : « Tenez-la bien qu'elle s'évanouisse pas,
c'te chérie ! » La mariée est un jeune soldat
arrivé hier Dieu sait d'où, qui s'est vanté de
passer sa baïonnette au travers du corps du premier qui prétendrait le violer. Les deux femmes de carnaval le tiennent solidement; il est
incapable de faire un geste, les paupières presque fermées, à demi assommé sans doute. Le
maire remplace le curé, puis, les cierges éteints,
je ne distingue plus que des dos qui sortent
de l'ombre accumulée près du sol. Le type
hurle. Ils le violent, naturellement, jusqu'à
satiété. Et ils sont nombreux. Oui, je suis
obsédé par ça, depuis quelque temps... Pas à
cause de la fin de l'action, bien sûr : à cause
de son début absurde, parodique... »

Il réfléchit encore.

« Ce n'est pas sans rapport, d'ailleurs, avec

les impressions que j'éprouvais pendant le procès... C'est une association d'idées assez lointaine... »

Il rejette en arrière ses cheveux qui tombent devant son visage, et se lève, comme s'il se secouait. L'épingle qui fixe son écharpe saute, et le bras tombe : il se mord les lèvres. Tandis que je cherche l'épingle à terre, il dit, lentement :

« Il faut faire attention : quand mon action se retire de moi, quand je commence à m'en séparer, c'est aussi du sang qui s'en va... Autrefois, quand je ne faisais rien, je me demandais parfois ce que valait ma vie. Maintenant, je sais qu'elle vaut plus que... »

Il n'achève pas; je relève la tête en lui tendant l'épingle : la fin de la phrase, c'est un sourire tendu où il y a de l'orgueil — et une sorte de rancune... Dès que nos regards se rencontrent, il reprend, comme s'il était rappelé à la réalité : « Où en étais-je ?... »

Je cherche, moi aussi :

« Tu me disais que tu pensais souvent à ta vie, de nouveau.

— Ah ! oui. Voici... »

Il s'arrête, ne trouvant pas la phrase qu'il cherche.

« Il est toujours difficile de parler de ces choses-là. Voyons... Lorsque je donnais de l'argent aux sages-femmes, tu penses bien que je ne me faisais pas d'illusions sur la valeur de la « cause », et pourtant je savais que le risque était grand : j'ai continué malgré les avertissements. Bien. Lorsque j'ai perdu ma fortune, je me suis presque laissé aller au mécanisme qui me dépouillait : et ma ruine n'a pas peu contribué à me conduire ici. Mon action me rend aboulique à l'égard de tout ce qui n'est pas elle, à commencer par ses résultats. Si je me suis lié si facilement à la Révolution, c'est que ses résultats sont lointains et toujours en changement. Au fond, je suis un joueur. Comme tous les joueurs, je ne pense qu'à mon jeu, avec entêtement et avec force. Je joue aujourd'hui une partie plus grande qu'autrefois, et j'ai appris à jouer : mais c'est toujours le même jeu. Et je le connais bien; il y a dans ma vie un certain rythme, une fatalité personnelle, si tu veux, à quoi je n'échappe pas. Je m'attache à tout ce qui lui donne de la force... (J'ai appris aussi qu'une vie ne vaut rien, mais que rien ne vaut une vie...) Depuis quelques jours, j'ai l'impression que j'oublie peut-être ce qui est capital, qu'autre chose se prépare... Je prévoyais aussi procès et ruine, mais comme ça, dans le vague... Enfin, quoi ! si nous devons abattre Hong-Kong, j'aimerais... »

Mais il s'arrête, se redresse d'un coup avec

une grimace, murmure : « Allons ! tout ça... »
et se fait apporter les dépêches.

Le lendemain.

LE DÉCRET EST PROMULGUÉ. Nous
avons fait avertir aussitôt les sections de Hong-
Kong. Et l'avant-garde rouge, qui se tenait à
60 kilomètres du front, vient de recevoir l'ordre
de monter en ligne : il ne reste que Tcheng-
Tioung-Ming entre le pouvoir et nous.

15 août.

Jour de fête, en France... Fête à la cathédrale,
naguère. Aujourd'hui, la cathédrale est trans-
formée en asile et gardée par les soldats rouges :
Borodine a fait décréter la confiscation des
monuments religieux au profit de l'Etat. Spectacle d'une misère dont rien, en Europe, ne
peut donner l'idée : misère de l'animal ravagé
d'une maladie de peau et qui regarde avec des
yeux sans appel et sans haine, atones, perdus.
Devant ces hommes, monte en moi un sentiment grossier, animal comme ce spectacle, fait
de honte, d'effroi, et de la joie ignoble de n'être
pas semblable à eux. La pitié ne vient que
lorsque je ne vois plus cette maigreur, ces mem-

bres de mandragores, ces haillons, ces croûtes larges comme des mains sur la peau verdâtre, et ces yeux déjà vitreux, troubles, sans regard humain — lorsqu'ils ne sont pas fermés...

Je parle de tout cela à Garine, à mon tour : « Manque d'habitude, répond-il. Le souvenir d'un certain degré de misère met à leur place les choses humaines, comme l'idée de la mort. Ce qu'il y a de meilleur en Hong vient de là. Le courage du type qui a tiré sur moi en venait sans doute aussi... Ceux qui sont trop profondément tombés dans la misère n'en sortent jamais : ils s'y dissolvent comme s'ils avaient la lèpre. Mais les autres sont, pour les besognes... secondaires, les instruments les plus forts, sinon les plus sûrs. Du courage, aucune idée de dignité, et de la haine...

« Tu me fais penser à une phrase attribuée à Lénine que Hong s'est fait tatouer en anglais, exprès, sur le bras : « Saisirons-nous un monde « qui n'aura pas saigné jusqu'au bout ? » D'abord il l'admirait fanatiquement; ces derniers temps, il la haïssait, avec le même fanatisme. Je crois que c'est par haine qu'il l'a laissée...

— Et parce que les tatouages ne s'effacent pas.

— Oh ! il l'aurait brûlée... C'est un garçon qui hait fortement.

— *Haïssait...* »

Il me regarde, avec gravité :

« Oui, haïssait... »

Et, après un instant, il ajoute, considérant avec attention une palme qui barre la fenêtre :

« Est-il vrai que, pour Lénine, l'espoir même avait cette couleur-là ?... »

Je le regarde, profil noir dans la lumière. Ainsi, il n'a pas changé. Et ce profil semblable à celui qui était le sien lors de mon arrivée ici, voici presque deux mois, semblable même à celui que j'ai connu jadis, donne toute sa force à la modification de sa voix. Depuis le soir où je l'ai vu à l'hôpital, il semble se séparer de son action, la laisser s'écarter de lui avec la santé, avec la certitude de vivre. Une phrase qu'il vient de dire est encore en moi : « Le souvenir d'un certain degré de misère met à leur place les choses humaines, comme l'idée de la mort... » La mort lui sert souvent de point de comparaison, maintenant...

Le chef du service cinématographique de la propagande entre :

« Commissaire, les nouveaux appareils de prise de vues sont arrivés de Vladivostock. Et nos films sont prêts. Si vous voulez voir la projection ? »

Aussitôt, sur le visage de Garine, l'expression de décision et de dureté reparaît. Et c'est pres-

que du ton ancien de sa voix qu'il répond :
« Allons. »

*

17 août.

Une partie des troupes ennemies vient d'être
battue devant Waïtchéou par l'avant-garde
rouge. Nous avons repris la ville : deux canons,
des mitrailleuses, des tracteurs et un grand
nombre de prisonniers sont tombés entre nos
mains. Trois Anglais prisonniers, qui servaient
chez Tcheng comme officiers, sont déjà partis
pour Canton. Les maisons des notables qui
entretenaient des relations amicales avec les
officiers ennemis ont été incendiées.

Tcheng regroupe son armée; avant huit jours,
la bataille sera livrée. Tout ce dont dispose la
Propagande est employé aujourd'hui; les chefs
des corporations ont reçu l'ordre de faire coller
nos affiches par les hommes qu'ils dirigent : il
y a des affiches sur les toits de tôle ondulée,
sur les glaces des marchands de vin, dans tous
les bars, dans les voitures publiques, sur les
pousses, sur les poteaux du marché, sur le para-
pet des ponts, chez tous les commerçants : collées aux pankas chez les barbiers, tendues sur
des bambous chez les marchands de lanternes,.
posées sur les vitrines dans les bazars, pliées en
éventail dans les vitrines des restaurants, fixées

aux voitures par du papier gommé dans les garages. C'est un jeu dont la ville tout entière s'amuse, et partout on voit ces affiches, nombreuses comme en Europe les journaux, le matin, entre les mains des passants, assez petites (les grandes ne sont pas encore tirées), avec leurs superbes cadets victorieux et leurs soldats cantonais entourés de rayons qui regardent s'enfuir des Anglais hâves et des Chinois verts; et au-dessous, plus petits, un étudiant, un paysan, un ouvrier, une femme et un soldat qui se tiennent par la main.

Depuis la fin de la sieste, l'enthousiasme a succédé à la gaieté. Des soldats débraillés parcourent les rues en fête; tous les habitants sont hors de chez eux; une foule dense longe le quai, lente, grave, tendue par une exaltation silencieuse. Avec fifres, gongs et pancartes, des cortèges défilent, suivis par des enfants. Des étudiants en troupes avancent, brandissant des petits drapeaux blancs qui s'agitent, apparaissent et disparaissent ainsi qu'une écume marine au-dessus des robes et des costumes blancs serrés comme ceux d'une armée. La masse lourde et calme de la foule avance lentement, compacte, s'ouvrant devant les cortèges et laissant derrière eux un sillage hésitant d'où sortent des casques et des panamas levés au bout des bras. Sur les

murs, nos affiches, et sur les toits d'immenses
pancartes hâtivement peintes traduisent la victoire en images. Le ciel est blanc et bas; dans
la chaleur, la procession avance comme si elle
se rendait à un temple. Nombre de vieilles
Chinoises suivent, portant sur le dos, dans une
toile noire, un enfant somnolent, la mèche dres-
sée. Une lointaine rumeur de gongs, de pétards,
de cris et d'instruments monte du sol avec le
bruit confus des pas et le claquement assourdi
des socques innombrables. Jusqu'à hauteur
d'homme, la poussière danse, âcre, râpant la
gorge, et va se perdre en lents tourbillons dans
les petites rues presque désertes, où n'apparaissent plus que quelques attardés qui se
hâtent, gênés par leurs habits du jour de l'an.
Les volets de presque tous les magasins sont
entrouverts ou fermés, comme les jours de grandes fêtes.

Jamais je n'ai éprouvé aussi fortement qu'aujourd'hui l'isolement dont me parlait Garine,
la solitude dans laquelle nous sommes, la distance qui sépare ce qu'il y a en nous de profond
des mouvements de cette foule, et même de son
enthousiasme...

*

Garine revient de chez Borodine, furieux.

« Je ne dis pas qu'il ait tort d'employer la mort de Klein, comme il emploierait autre chose. Ce que j'ai trouvé idiot, ce qui m'a exaspéré, c'est la prétention qu'il a eue de m'obliger à parler, moi, sur sa tombe. Les orateurs sont nombreux. Mais non ! Il est dominé de nouveau par l'insupportable mentalité bolchevique, par une exaltation stupide de la discipline. Ça le regarde ! Mais je n'ai pas laissé l'Europe dans un coin comme un sac de chiffons, au risque de finir à la façon d'un Rebecci quelconque, pour venir enseigner ici le mot obéissance, ni pour l'apprendre. « Il n'y a pas de demi-mesures en face de la « révolution ! » Ah ! là ! là ! Il y a des demi-mesures partout où il y a des hommes, et non des machines... Il veut fabriquer des révolutionnaires comme Ford fabrique des autos ! Ça finira mal, et avant longtemps. Dans sa tête de Mongol chevelu, le bolchevik lutte contre le Juif : si le bolchevik l'emporte, tant pis pour l'Internationale... »

Prétexte. Là n'est pas la vraie cause de la rupture.

Il y en a d'abord une autre : Borodine a fait exécuter Hong. Garine, je crois, voulait le sauver. Malgré l'assassinat des otages (qui semble d'ailleurs ne pas avoir été ordonné par lui). Parce qu'il pensait que Hong, malgré tout, restait utilisable; parce qu'il y a entre Garine et les siens une sorte de lien féodal. Et peut-être parce qu'il était assuré que Hong finirait à son côté, le cas échéant — contre Borodine. Ce qui semble avoir été aussi l'avis de celui-ci...

Garine ne croit qu'à l'énergie. Il n'est pas antimarxiste, mais le marxisme n'est nullement pour lui un « socialisme scientifique »; c'est une méthode d'organisation des passions ouvrières, un moyen de recruter chez les ouvriers des troupes de choc. Borodine, patiemment, construit le rez-de-chaussée d'un édifice communiste. Il reproche à Garine de n'avoir pas de perspective, d'ignorer où il va, de ne remporter que des victoires de hasard — quelque brillantes, quelque indispensables qu'elles soient. Même aujourd'hui, à ses yeux, Garine est du passé.

Garine croit bien que Borodine travaille selon des perspectives, mais qu'elles sont fausses, que l'obsession communiste le mènera à unir contre lui un Kuomintang de droite singulièrement plus fort que celui de Tcheng-Daï, et à faire écraser par celui-ci les milices ouvrières.

Et il découvre (c'est bien tard...) que le communisme, comme toutes les doctrines puissantes, est une franc-maçonnerie. Qu'au nom de sa discipline, Borodine n'hésitera pas à le remplacer, dès que lui, Garine, ne sera plus indispensable, par quelqu'un de moins efficace, peut-être, mais de plus obéissant.

*

Dès que le Décret a été connu à Hong-Kong, les Anglais se sont réunis au Grand Théâtre et ont, de nouveau, télégraphié à Londres pour demander l'envoi d'une armée anglaise. Mais la réponse est arrivée, télégraphiquement : le Gouvernement anglais s'oppose à toute intervention militaire.

*

L'interrogatoire des officiers anglais prisonniers a été enregistré sur des disques de phonographe, et ces disques ont été envoyés aux sections en grand nombre. Mais chaque officier s'est défendu d'être venu combattre contre nous par obéissance aux instructions de son gouvernement; il a fallu couper ce passage de l'interrogatoire. Il va falloir fabriquer des disques beaucoup plus *instructifs*. Garine dit que l'on conteste un article de journal mais non une image ou un son, et qu'à la propagande par le phono et le cinéma, on ne peut d'abord répondre que par le phono et le cinéma; ce dont la propagande ennemie et même anglaise sont encore incapables.

*

« Il fait de bonnes choses avant de partir... », me dit ce matin Nicolaïeff. « Il », c'est Garine.

« Avant de partir ?

— Oui, je crois que son départ aura lieu, cette fois.

— Il doit partir chaque semaine...

— Oui, oui, mais, cette fois, il partira, tu verras. Il s'est décidé. Si l'Angleterre avait envoyé des troupes, je crois qu'il serait resté; mais il connaît la réponse de Londres. Je pense qu'il n'attend plus que le résultat de la prochaine bataille... Myroff dit qu'il n'arrivera pas à Ceylan.

— Et pourquoi ?

— Mais, mon petit, parce qu'il est perdu, tout simplement.

— On peut toujours dire ça...

— Ce n'est pas *on* qui dit cela, c'est Myroff.

— Il peut se tromper.

— Il paraît qu'il n'y a pas seulement la dysenterie et le paludisme. Les maladies tropicales, tu sais, on ne joue pas avec elles, mon petit. Quand on les a, on se soigne. Sinon, c'est regrettable... Et puis, autant vaut !...

— Pas pour lui !

— Son temps est fini. Ces hommes-là ont été nécessaires, oui, mais, maintenant, l'armée rouge est prête, Hong-Kong sera définitivement abattue dans quelques jours; il faut des gens qui sachent s'oublier mieux que lui. Je n'ai pas d'hostilité contre lui, crois-moi. Travailler avec lui ou avec un autre... Et pourtant, il a des préjugés. Je ne le lui reproche pas, mon petit, mais il en a. »

Et, souriant d'un côté de la bouche, plissant les paupières :

« Humain, trop humain, comme dit Borodine. Voilà où mènent les maladies mal soignées... »

Je pense à l'interrogatoire de Ling, à ces résistances de Garine que Nicolaïeff appelle des préjugés...

Il se tait, puis pose un doigt sur ma poitrine, et reprend : « Il n'est pas communiste, voilà. Moi, je m'en fous, mais, tout de même, Borodine est logique : il n'y a pas de place dans le communisme pour celui qui veut d'abord... être lui-même, enfin, exister séparé des autres...

— Le communisme s'oppose à une conscience individuelle ?

— Il exige davantage... L'individualisme est une maladie bourgeoise...

— Mais nous avons bien vu, à la Propagande, que Garine a raison : abandonner ici l'individualisme, c'est se préparer à se faire battre. Et tous ceux qui travaillent avec nous, Russes ou non (exception faite, peut-être, pour Borodine), sont aussi individualistes que lui.

— Tu sais qu'ils viennent de s'engueuler gravement, ce qui s'appelle gravement, Borodine et Garine ? Eh ! Borodine... »

Il met ses mains dans ses poches et sourit, non sans hostilité :

« Il y aurait bien des choses à dire sur lui...

— Si les communistes du type romain, si j'ose dire, ceux qui défendent à Moscou les acquisitions de la Révolution, ne veulent pas accepter les révolutionnaires du type... comment dirai-je ? du type : conquérant, qui sont en train de leur donner la Chine, ils...

— Conquérant ? Il trouverait le mot amer, ton ami Garine...

— ... limiteront dangereusement...

— Mais peu importe. Tu n'y comprends rien. A tort ou à raison, Borodine joue ce qui représente ici le prolétariat, dans la mesure où il peut le faire. Il sert *d'abord* ce prolétariat, cette sorte de noyau qui doit prendre conscience de lui-même, grandir pour saisir le pouvoir. Borodine est une espèce d'homme de barre qui...

— Garine aussi. Il ne croit pas qu'il a fait la révolution tout seul !

— Mais Borodine connaît son bateau, et Garine ne connaît pas le sien. Comme dit Borodine : « Il n'a pas d'axe. »

— Sauf la révolution.

— Tu parles comme un gosse. La révolution n'est un axe qu'aussi longtemps qu'elle n'est pas faite. Sinon, elle n'est pas la révolution, elle est un simple coup d'Etat, un pronunciamiento. Il y a des moments où je me demande s'il ne finirait pas comme un mussoliniste... Tu connais Pareto ?

— Non.

— Lui doit le connaître...

— Tu n'oublies qu'une chose : c'est que si ces sentiments positifs sont ce que tu dis (et c'est faux), ses sentiments négatifs, eux, sont clairs : sa haine de la bourgeoisie et de tout ce qu'elle représente est solide. Et les sentiments négatifs, ce n'est pas rien.

— Oui, oui : un général blanc — de gauche.

« Tout ça ira tant qu'il sera en face d'un ennemi commun à tous : l'Angleterre. (Ce n'est pas pour rien qu'il est à la Propagande du

Kuomintang.) Mais ensuite ? Lorsqu'il s'agira d'organiser l'Etat, s'il mise sur le communisme, il sera obligé de devenir semblable à Borodine; s'il mise sur la démocratie — ça m'étonnerait, car le personnel du Kuomintang le dégoûte —, il est fichu : il ne voudra pas passer sa vie à faire de la politique chinoise de couloirs, et il ne peut tenter la dictature. Là, il ne réussira pas, parce qu'il n'est pas Chinois. Donc, autant qu'il retourne en Europe et meure en paix et en gloire. Le temps des hommes comme lui tire à sa fin. Certes, le communisme peut employer des révolutionnaires de ce genre (en somme, ici, c'est un « spécialiste »), mais en les faisant... soutenir par deux tchékistes résolus. Résolus. Qu'est-ce que cette police limitée ? Borodine, Garine, tout ça... »

D'un geste mou, il semble mélanger des liquides.

Depuis que je connais Garine, des logiciens prédisent son avenir... Nicolaïeff continue :

« Il finira bien comme ton ami, Borodine : la conscience individuelle, vois-tu, c'est la maladie des chefs. Ce qui manque le plus, ici, c'est une vraie Tchéka... »

*

10 heures.

Clapotis, sons de jonques qui se heurtent. La lune cachée par le toit anime l'air tiède et sans brouillard. Contre le mur, sous la véranda, deux valises : Garine a résolu de partir demain matin. Depuis longtemps il réfléchit, assis, le regard perdu, les bras ballants. Au moment où je me lève pour prendre un crayon rouge et annoter la *Gazette de Canton* que je viens de lire, il sort de sa torpeur :

« Je pensais encore à la phrase de mon père : « Il ne faut jamais lâcher la terre. » Vivre dans un monde absurde ou vivre dans un autre... Pas de force, même pas de *vraie vie* sans la certitude, sans la hantise de la vanité du monde. »

Je sais qu'à cette idée est attaché le sens même de sa vie, que c'est de cette sensation profonde d'absurdité qu'il tire sa force : si le monde n'est pas absurde, c'est toute sa vie qui se disperse en gestes vains, non de cette vanité essentielle qui, au fond, l'exalte, mais d'une vanité désespérée. D'où le besoin qu'il a d'imposer sa pensée. Mais tout en moi, cette nuit, se défend contre lui; je me débats contre sa vérité qui monte en moi, et à qui sa mort prochaine donne une approbation sinistre. Ce que j'éprouve, c'est moins une protestation qu'une révolte... Il attend ma réponse, comme un ennemi.

« Ce que tu dis est peut-être vrai. Mais ta façon de le dire suffit à le rendre faux, absolument faux. Si cette vraie vie s'oppose à... l'autre, ce n'est pas ainsi, pas de cette façon pleine de désirs et de rancune !

— Quelle rancune ?

— Il y a ici de quoi lier un homme qui a derrière lui les preuves de force qui sont derrière toi, de quoi...

— Posséder les preuves de sa force, c'est pire.

— De quoi le lier pour toute sa vie, pour...

— Je compte sur toi pour m'en instruire par l'exemple ! »

Il a répondu avec une ironie presque haineuse. Nous nous taisons tous deux. Je voudrais soudain dire quelque chose qui nous rapproche; j'ai peur, comme un enfant d'un pressentiment, de voir finir ainsi cette amitié, de quitter ainsi cet homme que j'ai aimé, que j'aime encore, malgré ce qu'il dit, malgré ce qu'il pense, et qui va mourir... Mais, une fois de plus, il est plus fort que moi. Il a posé sur mon bras sa main droite, et, avec une lenteur amicale, il dit :

« Non, écoute : Je ne cherche pas à avoir

raison. Je ne cherche pas à te convaincre. Je suis simplement loyal à l'égard de moi-même. J'ai vu souffrir beaucoup d'hommes, beaucoup. Parfois d'une façon abjecte. Parfois d'une façon terrible. Je ne suis pas un homme doux, mais il m'est arrivé d'avoir profondément pitié, de cette pitié qui serre la gorge. Eh bien, quand je me suis retrouvé seul avec moi-même, cette pitié a toujours fini par se désagréger. La souffrance renforce l'absurdité de la vie, elle ne l'attaque pas; elle la rend dérisoire. La vie de Klein appelle parfois en moi quelque chose comme... comme... »

Ce n'est pas d'une recherche que vient son hésitation; c'est d'une sorte de gêne. Mais il continue, me regardant dans les yeux : « Allons, assez : comme un certain rire. Comprends-tu ? Il n'y a pas de comparaison profonde pour ceux dont la vie n'a pas de sens. Vies murées. Le monde se reflète en elles grimaçant, comme dans une glace tordue. Peut-être montre-t-il là son véritable aspect; peu importe : cet aspect-là, personne, personne, entends-tu ! ne peut le supporter. On peut vivre en acceptant l'absurde, on ne peut vivre dans l'absurde. Les gens qui veulent « lâcher la terre » s'aperçoivent qu'elle colle à leurs doigts. On ne la fuit pas, on ne la trouve pas de propos délibéré... »

Et martelant du poing son genou :

« On ne se défend qu'en créant. Borodine dit que ce qu'édifient seuls les hommes comme moi ne peut durer. Comme si ce qu'édifient les hommes comme lui... Ah ! que je voudrais voir cette Chine, dans cinq ans !

« La durée ! Il s'agit bien de ça ! »

Nous nous taisons tous deux.

« Pourquoi n'es-tu pas parti plus tôt ?

— Pourquoi partir, tant qu'on peut faire autrement ?

— Par prudence... »

Il hausse les épaules puis, après un nouveau silence :

« On ne vit pas selon ce qu'on pense de sa vie... »

Encore un silence.

« Et la bête se cramponne, quoi ! »

Il se tait. Un bruit singulier, indéfinissable, imprécis, venu je ne sais d'où, lointain et comme amorti, monte... Il commence à prêter l'oreille, lui aussi. Mais nous entendons un crépitement mou de pneus sur le gravier; un cycliste vient d'entrer dans la cour. Un son net de pas monte vers nous. Précédé du boy, un courrier apporte deux plis.

Garine ouvre le premier et me le tend : *Toutes les troupes de Tcheng-Tioung-Ming et les corps de l'armée rouge qui ont gagné le front sont aux prises.* La bataille décisive commence.

Pendant que je lis, il ouvre le second, hausse l'épaule, le roule en boule et le jette : « Ça, ça m'est égal. Maintenant, ça m'est égal. Qu'ils s'arrangent. Tout ça... »

Le secrétaire s'en va. Nous entendons son pas qui s'éloigne, la grille qu'il referme. Mais Garine s'est ressaisi; debout à la fenêtre, il l'appelle.

La porte encore. Le secrétaire revient. Arrivé sous la fenêtre, il parle à Garine; mais celui-ci tousse, et je ne distingue pas les paroles.

Le secrétaire, de nouveau, s'en va. Garine marche de long en large, furieux maintenant.

« Qu'est-ce qu'il y a ?

— Rien ! »

Bon. Ça se voit. Il ramasse la boule de papier, la plie et la lisse de la main droite, non sans peine, à cause de l'immobilité de son bras gauche. Puis, tourné vers moi :

« Descendons ! »

Il part, grommelant — pour lui-même ou pour moi ? « Un coup à faire crever dix mille bonshommes ! » Comme je ne pose plus de questions, il se décide à ajouter, tout en descendant :

« Deux des nôtres, des agents de la Propagande, pris au moment même où ils approchaient de l'un des puits utilisés par nos troupes, du cyanure dans leurs poches. Agents doubles. Présence injustifiable. N'ont rien raconté, rien avoué. Et Nicolaïeff me dit qu'il reprendra demain l'interrogatoire ! »

Il conduit lui-même l'auto, à toute vitesse; le chauffeur dormait. Il ne dit pas un mot. Sa main droite seule tient le volant, et, par deux fois, il s'en faut de peu que nous ne nous jetions sur les maisons. Il ralentit, et me passe le volant; puis, la tête immobile, enfoncée entre les épaules — les taches de ses joues, plus creuses que jamais, apparaissent lorsque nous croisons des lumières et disparaissent aussitôt —, il semble m'avoir oublié...

Dans le couloir de la Sûreté, je distingue en passant de grandes affiches roses, dont j'entrevoyais les taches, tout à l'heure, dans les rues : c'est le décret, affiché par nos soins.

Lorsque nous arrivons, précédés du son rapide et militaire de nos talons, presque inquiétant dans ce silence, Nicolaïeff, derrière son bureau, bonhomme, le dos appuyé au dossier de sa chaise, fixe ses yeux clairs de porc sur les deux prisonniers. Tous deux sont vêtus du costume de toile bleue des ouvriers du port. L'un porte des moustaches tombantes, fines, noires; l'autre est un vieillard aux cheveux en brosse, à la tête toute ronde animée par des yeux brillants.

Je commence à connaître ces heures noctur-

nes de la Propagande et de la Sûreté, leur
silence, l'odeur de fleurs sacrées, de boue et de
pétrole de la nuit chaude, et nos visages tirés,
exténués, nos paupières collées, notre dos voûté,
nos lèvres molles — et, dans notre bouche, ce
goût écœurant de lendemain d'ivresse...

« As-tu des nouvelles de la bataille ? demande Garine en entrant.

— Rien, ça continue...

— Et tes bonshommes ?

— Tu as vu le rapport, mon cher. Je ne sais
rien de plus. Rien encore, du moins. Impossible
de leur tirer un mot. Ça viendra...

— Qui s'est porté garant d'eux ?

— N 72, d'après le rapport.

— A contrôler ! Si c'est exact, N 72 doit
être ramené, envoyé d'urgence au tribunal spécial, et exécuté.

— Tu sais que c'est un agent de premier
ordre. »

Garine lève la tête.

« ... et qui m'a rendu souvent des services...
Il est fidèle.

— Il n'aura plus à se donner la peine de
l'être. Quant à ses services, j'en ai marre. C'est
compris, n'est-ce pas ? »

L'autre sourit et incline sa tête ensommeil-
lée, semblable au poussah de porcelaine qu'il a
posé ironiquement sur son bureau.

« A ceux-ci, maintenant. »

Je tire mon stylo de ma poche.

« Non, inutile d'écrire, ce ne sera pas long. Et Nicolaïeff notera les réponses.

— Qui vous a remis le poison ? »

Le premier prisonnier, le plus jeune, commence une explication stupide : il était chargé de remettre ce paquet à une personne dont il ne sait pas le nom, une femme qui devait le reconnaître à son signalement, mais...

Garine comprend à peu près; cependant je traduis, phrase à phrase. Le Chinois, comme s'il était poussé par un tic, pose sa main, à plat, sur les longs pinceaux de ses moustaches, la retire avec nervosité, voyant que son geste empêche d'entendre; puis la remet. Nicolaïeff regarde la lampe entourée d'éphémères, fatigué, et fume. Les ventilateurs ne tournent pas; la fumée monte, droite.

« Assez ! » dit Garine.

Il porte la main à sa ceinture.

« Bon ! je l'ai encore oublié ! »

Sans rien ajouter, il ouvre ma gaine de sa main libre, en tire mon revolver et le pose sur le bureau, où les angles du métal brillent.

« Dis au premier, exactement, que si, dans cinq minutes, il n'a pas donné les renseignements qu'il nous doit, je lui fous une balle dans la tête, *moi*. »

Je traduis. Nicolaïeff a imperceptiblement
haussé une épaule; tous les indicateurs savent
que Garine est un « grand chef » et son moyen
est digne d'un enfant. Une minute... deux...

« Ah ! En voilà assez ! Qu'il réponde immédiatement !

— Tu as dit qu'il avait cinq minutes, dit
Nicolaïeff, respectueux et ironique.

— Toi, fous-moi la paix, hein ! »

Il a pris le revolver sur le bureau. La main
droite, en raison du poids de l'arme, est ferme :
la gauche, qui sort de l'écharpe blanche, tremble de fièvre. Une fois de plus, je dis au Chinois de répondre. Il fait un geste d'impuissance.

La détonation. Le corps du Chinois ne bouge
pas; sur son visage, une expression intense de
stupéfaction. Nicolaïeff a sauté et s'appuie au
mur. Est-il blessé ?

Une seconde... Deux... Le Chinois s'effondre,
mou, les jambes à demi pliées. Et le sang commence à couler.

« Mais, mais, balbutie Nicolaïeff.

— Fous-moi la paix ! »

Le ton est tel que le gros homme, aussitôt,
se tait. Il ne sourit plus. Sa bouche s'est abaissée,
accentuant ses bajoues. Ses grosses mains sont
croisées sur sa poitrine dans un geste de vieille
femme. Garine regarde le mur, devant lui; du

canon à demi abaissé, une fumée légère, trans-
parente, monte.

« A l'autre, maintenant. Traduis à nouveau. »

Inutile. Terrorisé, le vieillard, déjà, parle,
et ses petits yeux s'agitent... Nicolaïeff a saisi un
crayon et prend des notes d'une main tremblante.

« Tais-toi », dit Garine en cantonais. Puis,
se tournant vers moi : « Préviens-le, avant
d'aller plus loin, que, s'il raconte des blagues,
ça lui portera malheur...

— Il le voit bien.

— La peine de mort se perfectionne, au besoin.

— Comment veux-tu que je lui dise cela ?

— Ah ! comme tu voudras ! »

(Il comprend, en effet...)

Tandis que le prisonnier parle, d'une voix
haletante, Nicolaïeff chasse, en soufflant, les
éphémères morts qui tombent sur ses notes...

L'homme a été payé par des agents de Tcheng-
Tioung-Ming, cela est évident. Il a d'abord
parlé rapidement, mais n'a rien dit d'essentiel;
voyant le canon du revolver abaissé, il a hésité.
Soudain, il se tait. Garine, à la limite de l'exaspération, le regarde.

« Et... si... si je dis tout, que me donnerez... »

Aussitôt, il tombe, les bras en ailerons, et va

rouler à un mètre. Furieux, Garine vient de le frapper d'un coup de poing à la mâchoire; le poing encore fermé, il fronce les sourcils, se mord les lèvres et s'assied sur le coin du bureau. « Ma blessure s'est ouverte. » Le prisonnier, par terre, fait le mort. « Demande-lui s'il a entendu parler de l'encens ! » Une fois de plus, je traduis. L'homme ouvre lentement les yeux, et, sans se relever, dit, sans s'adresser à l'un de nous, sans nous regarder :

« Ils étaient trois. Deux sont pris. L'un des deux est mort. L'autre est là. Le troisième peut être du côté du puits. »

Garine et moi regardons Nicolaïeff, qui devait remettre à demain la suite de l'interrogatoire. Il s'applique à ne manifester aucun sentiment : sa bouche, ses sourcils ne bougent pas. Mais les muscles de ses joues, rapidement, se contractent et se détendent, comme s'ils tremblaient. Il écrit, tandis que le prisonnier précise.

« C'est tout ?

— Oui.

— Si tu n'as pas tout dit...

— J'ai tout dit. »

Le prisonnier semble maintenant indifférent.

Nicolaïeff sonne, nous montre un papier, puis le donne au planton.

« Un cycliste au bureau spécial du Télégraphe. Immédiatement. »

Il se retourne vers nous :

« Dans ces conditions-là... dans ces conditions-là... Il y en a peut-être d'autres, tout de
même... Alors... Garine... tu ne penses pas...
qu'il faudrait essayer un peu... à tout hasard ?... »

Pour faire excuser sa terrible négligence, il
est prêt, lui qui voulait faire remettre à demain
la suite de cet interrogatoire, à faire torturer cet
homme « à tout hasard »...

« On n'en sort pas », murmure Garine entre
ses dents.

Puis, à haute voix :

« Pour qu'il raconte des blagues et nous
lance sur de fausses pistes ?... Il ne peut pas
avoir de renseignements généraux. Dans le travail des puits, les agents ne sont presque jamais
plus de trois. Trois, tu entends ? Pas deux ! »

A son tour, il sonne (quatre fois). Deux soldats entrent et emmènent le prisonnier. Nicolaïeff, qui n'a pas répondu, écarte doucement
de la main les éphémères qui tombent toujours
sur le bureau, comme s'il lissait son papier, avec
un geste d'enfant sage.

Nous rencontrons, dans le couloir, un planton
du Commissariat de la Guerre, qui apporte une
dépêche : les troupes de Tchang commencent à
plier.

*

L'escalier de la maison de Garine, noir : la
lampe qui l'éclairait est brisée. La nuit continue, dehors et dans mes nerfs... Mes paupières
sont brûlantes, mais je n'ai pas sommeil. De légers frissons parcourent mon corps, comme si je
commençais à être ivre; tandis que je pose lourdement mes pieds, cherchant de l'orteil chaque
marche, mes paupières se ferment et je vois,
avec un mélange de trouble et de bizarre lucidité, des images déformées : les deux prisonniers, le prisonnier mort (par terre), Nicolaïeff,
le mariage grotesque dont parlait Garine, les
raies des lumières de la rue, le visage déchiré
de Klein, la tache des affiches roses... Je tres-
saille, comme si je m'éveillais en sursaut, lorsque
j'entends la voix de Garine :

« Je ne peux pas m'habituer à cette obscurité; elle me donne toujours l'impression d'être
aveugle... »

Mais voici la lumière. Nous sommes de nouveau dans la petite pièce; les deux valises sont
toujours là.

« C'est tout ce que tu emportes ?

— Pour quelques mois, c'est bien suffisant... »

A peine a-t-il écouté ce que je lui ai dit. Il
prête l'oreille à une rumeur très faible qui

emplit toute la maison, et qui m'intriguait avant notre départ.

« Entends-tu ?

— Oui... J'entendais déjà ce bruit avant notre départ...

— D'où crois-tu qu'il vienne ?

— Ecoute... »

Il y a dans cette rumeur étouffée, lointaine, mécanique, quelque chose de mystérieux. C'est un grincement assourdi comme celui des rongeurs, mais régulier, et d'où sortent par intermittences, bulles dans une eau trouble, des sons semblables aux craquements du bois, qui se prolongent un instant ainsi que tous les sons dans l'obscurité et se perdent dans ce grincement constant qui semble venir à la fois de la cave et de l'horizon. Garine s'est arrêté, inquiet, respirant à peine, les épaules serrées, s'efforçant de faire le moins de bruit possible. Un craquement de ses chaussures éteint brutalement sons et rumeurs qui, après quelques secondes, reparaissent comme une lueur très faible, montent et retrouvent leur intensité lointaine et inexplicable. Enfin, son corps se détend; il fait un geste d'indifférence, et se couche sur le lit de bois :

« En attendant, veux-tu du café ?

— Non, merci. Tu ferais mieux de prendre de la quinine et de changer ton pansement.

— Ça viendra en son temps... »

Il regarde ses valises :

« Trois mois, six peut-être ?... »

Toujours soucieux, il mord l'intérieur de ses joues.

« Enfin, quoi, ce ne serait pas non plus très intelligent de rester ici, faute de partir à temps... »

En disant : rester, il n'a pas voulu dire : demeurer, mais : mourir.

« Mon vieil ami Nicolaïeff insinue qu'il est déjà bien tard... »

Jusqu'ici, il a parlé pour lui-même. Le son de sa voix change; il hausse une fois de plus l'épaule droite.

« Quel abruti !... Si je n'étais pas retourné là-bas, cette nuit... Par qui Borodine pourra-t-il me remplacer ? Pour le service de la Propagande aux sections, par Chen, mais pour les autres ? Avec quelques gaillards comme Nicolaïeff, — discipliné, très discipliné — ça pourrait mal finir... Klein est mort... Dans quel état trouverai-je tout cela, quand je reviendrai ?... Il suffit d'une gaffe de la Sûreté pour me faire rentrer dans cette vie de Canton comme dans mon veston, et pourtant, en ce moment, il me semble que je suis déjà parti. Allons ! si je claquais en mer, ou pourrait coller sur le sac une belle étiquette !... »

Ses lèvres sont plus minces encore qu'elles ne l'étaient tout à l'heure, et ses yeux sont fermés. L'ombre de son nez, qui, ainsi, semble très proéminent, se mêle au cerne de son œil gauche. Il est laid, de la laideur inquiétante et aiguë des morts, avant la sérénité.

« Dire que, lorsque je suis arrivé ici, au temps de Lambert, Canton était une république de comédie ! Et, aujourd'hui, l'Angleterre ! Vaincre une ville. Abattre une ville : la ville est ce qu'il y a de plus social au monde, l'emblème même de la société : il y en a une au moins que les pouilleux cantonais sont en train de mettre dans un bel état ! Ce décret... L'effort de tous les hommes qui ont fait de Hong-Kong un poing fermé est enfin... » Il abaisse le pied, et se penche en avant, comme s'il écrasait quelque chose, lentement, lourdement. En même temps qu'il redresse le buste, il sort de sa poche un petit miroir rond à dos de celluloïd et regarde son visage (c'est la première fois).

« Je crois qu'il était temps...

« Ce serait vraiment trop bête de mourir comme un vague colon. Si les hommes comme moi ne sont pas assassinés, qui le sera ? »

Quelque chose, dans tout ce qu'il dit, me met mal à l'aise, m'inquiète... Il reprend :

« Que diable vais-je pouvoir faire en Europe ?

Moscou ?... Au point où j'en suis avec Borodine...
Je me méfie des méthodes de l'Internationale,
mais il faut voir... Dans six jours, Shanghaï;
ensuite, le bateau norvégien, et l'impression de
descendre dans la loge du concierge. Pourvu
que je ne retrouve pas en morceaux tout ce que
j'ai fait, quand je reviendrai ! Borodine a beaucoup de force, mais aussi parfois beaucoup de
maladresse... Ah ! on ne va jamais où l'on voudrait aller...

— Où diable voudrais-tu donc aller ?

— En Angleterre. Maintenant je sais ce
qu'est l'Empire. Une tenace, une constante violence. Diriger. Déterminer. Contraindre. La vie
est là... »

Et je comprends soudain pourquoi ses paroles
me déconcertent : ce n'est pas moi qu'il veut
convaincre. Il ne croit pas ce qu'il dit et il
s'efforce, de tous ses nerfs irrités, de se persuader... Sait-il qu'il est perdu, craint-il de l'être,
ne sait-il rien ? Devant la mort certaine, une
exaspération désolée naît en moi de ses affir-
mations, de ses espoirs. J'ai envie de lui dire :
« Assez, assez ! Tu vas mourir. » Une tentation
furieuse monte, que suffisent pourtant à refou-
ler ma présence et une impossibilité physique.
La maladie a creusé à tel point son visage que
je n'ai besoin d'aucun effort pour l'imaginer
mort. Et malgré moi, j'ai la sensation que, si

je parlais de la mort, j'imposerais à son regard
cette image, ces traits plus tirés encore, dont je
ne puis me délivrer. Il me semble aussi qu'il
y aurait dans mes paroles quelque chose de dangereux, comme si sa mort, connue de lui, deve-
nait par moi certaine... Lui, depuis un moment, s'est tu. Et, dans ce nouveau silence,
nous retrouvons le bruit singulier qui nous
intriguait tout à l'heure. Ce n'est plus une rumeur, mais un bruit fait de secousses successives, très éloignées ou très assourdies, un bruit
de rêve; il semble que l'on frappe le sol, au
loin, avec de lourds objets entourés de feutre.
Et les sons plus clairs, analogues tout à l'heure
à ceux des bois qui craquent, deviennent mé-
talliques et font songer au grondement confus
d'une forge, dominé par les coups musicaux
des marteaux...

De nouveau, à ces bruits entremêlés se joint
celui des pneus rebondissant sur le gravier. Un
cadet monte, précédé d'un boy. Il apporte la
réponse de l'officier télégraphiste. Le bruit,
quoique lointain, emplit la chambre...

« Entends-tu ? demande Garine au boy.

— Oui, monsieur le Commissaire.

— Qu'est-ce que c'est ?

— Sais pas, monsieur le Commissaire. »

Le cadet hoche la tête.

« C'est l'armée, camarade Garine... »

Garine lève les yeux.

« L'arrière-garde de l'armée rouge qui monte en ligne... »

Garine respire profondément, puis lit les dépêches et me les tend :

Troisième agent pris. Porteur huit cents grammes cyanure.

Débâcle ennemi. Plusieurs régiments préparés par Propagande passés à nous. Approvisionnements et artillerie entre nos mains. Quartier général désorganisé. Cavalerie poursuit Tcheng en fuite.

Il signe l'accusé de réception, et le rend au cadet qui s'en va, toujours précédé du boy.

« Il ne verra plus ma signature, pendant quelque temps !... Les troupes de Tcheng en charpie... Avant un an, Shanghaï... »

Le grondement affaibli des troupes s'approche ou s'éloigne, avec le vent chaud. Nous reconnaissons maintenant le grincement des tracteurs, l'ébranlement confus de la terre sous le pas martelé des hommes, et, par instants, dans une étouffante bouffée, les sabots des chevaux, l'écho des essieux de canons qui sonnent... Une exaltation confuse pénètre en lui avec ce lointain tumulte. De la joie ?

« Je ne te verrai guère, demain matin, parmi tous ces imbéciles qui viendront m'accompagner... »

Lentement, mordant sa lèvre inférieure, il sort de l'écharpe son bras blessé, et le lève. Nous nous étreignons. Une tristesse inconnue naît en moi, profonde, désespérée, appelée par tout ce qu'il y a là de vain, par la mort présente... Lorsque la lumière, de nouveau, frappe nos visages, il me regarde. Je cherche dans ses yeux la joie que j'ai cru voir; mais il n'y a rien de semblable, rien qu'une dure et pourtant fraternelle gravité.

POSTFACE

Plus de vingt ans ont passé depuis la publication de ce livre d'adolescent; et beaucoup d'eau, sous combien de ponts brisés ! Vingt ans après la prise de Pékin par l'armée révolutionnaire de Tchang Kaï-chek, nous attendons la prise du Canton de Tchang Kaï-chek par l'armée révolutionnaire de Mao Tsé-toung. Dans vingt ans, une autre armée révolutionnaire chassera-t-elle le « fasciste » Mao ? Que pense de tout cela l'ombre de Borodine, qui, aux dernières nouvelles, avant la guerre, sollicitait du Kremlin « un logement avec cheminée » ? Et l'ombre du suicidé Gallen ?

Pourtant, malgré le jeu complexe qui jette peut-être — peut-être... — la Chine aux côtés de la Russie, c'est bien de la révolte qui animait les troupes de 1925, que les troupes de Mao tirent leurs victoires. Ce n'est pas la vieille passion de libération qui a changé. Ce qui a le plus changé là-bas, ce n'est pas la Chine, ce n'est pas la Russie, c'est l'Europe : elle a cessé d'y compter.

*

Mais ce livre n'appartient que bien superficiellement à l'Histoire. S'il a surnagé, ce n'est pas pour avoir peint tels épisodes de la révolution chinoise, c'est pour avoir montré un type de héros en qui s'unissent l'aptitude à l'action, la culture et la lucidité. Ces valeurs étaient indirectement liées à celles de l'Europe d'alors. Et puisqu'on me demande : « *Que sont devenues, dans l'Europe d'aujourd'hui, celles de ces valeurs qui appartiennent à l'esprit ?* » je préfère répondre par l'appel que j'adressai aux intellectuels, le 5 mars 1948, salle Pleyel, au nom de mes compagnons gaullistes.

Sa forme (la sténographie d'un discours improvisé en suivant des notes) montre de reste qu'il ne s'agit pas d'un essai. Certaines des idées qui y sont exprimées ont été développées, sur un autre plan, dans la *Psychologie de l'Art.* Mais ce qu'il y a de prédication un peu haletante dans un discours m'a semblé mieux accordé aux passions d'un roman, et aux limites des questions qu'il suggère, que l'exercice d'un feint détachement. L'affaiblissement de la conscience européenne n'est analysé ici que de façon sommaire. Il s'agissait de mettre en lumière la menace à la fois la plus immédiate et la plus sournoise, celle de l'abrutissement par les psychotechniques (la propagande a fait du chemin depuis Garine) et de préciser ce qui, à nos yeux, doit être MAINTENU.

« *L'esprit européen est l'objet d'une double métamorphose. Le drame du XXe siècle, à nos yeux, le voici :* en même temps *qu'agonise le mythe politique de l'Internationale, se produit une internationalisation sans précédent de la culture.* »

« *Depuis la grande voix de Michelet jusqu'à la grande voix de Jaurès, ce fut une sorte d'évidence, tout au long du siècle dernier, qu'on deviendrait d'autant plus homme qu'on serait moins lié à sa patrie. Ce n'était ni bassesse ni erreur : c'était alors la forme de l'espoir. Victor Hugo croyait que les Etats-Unis d'Europe se feraient d'eux-mêmes et qu'ils seraient le prélude aux Etats-Unis du monde. Or, les Etats-Unis d'Europe se feront dans la douleur, et les Etats-Unis du monde ne sont pas encore là... »*

« *Ce que nous avons appris, c'est que le grand geste de dédain avec lequel la Russie écarte ce chant de l'Internationale qui lui res-*

tera, qu'elle le veuille ou non, lié dans l'éternel
songe de justice des hommes, balaie d'un seul
coup les rêves du XIXe siècle. Nous savons
désormais qu'on ne sera pas d'autant plus
homme qu'on sera moins Français, mais qu'on
sera simplement davantage Russe. Pour le meilleur comme pour le pire, nous sommes liés à la
patrie. Et nous savons que nous ne ferons pas
l'Européen sans elle; que nous devons faire,
que nous le voulions ou non, l'Européen **sur**
elle. »

« En même temps que mourait cet immense
espoir, en même temps que chaque homme était
rejeté dans sa patrie, une profusion d'œuvres
faisaient irruption dans la civilisation : la musique et les arts plastiques venaient d'inventer
leur imprimerie. »

« Les traductions entraient dans chaque pays
à porte ouverte : le colonel Lawrence y rejoi-
gnait Benjamin Constant; et la collection Payot,
les Classiques Garnier. »

« Enfin, le cinéma est né. Et à cette heure,
une femme hindoue qui regarde Anna Karénine pleure peut-être en voyant exprimer, par
une actrice suédoise et un metteur en scène
américain, l'idée que le Russe Tolstoï se faisait de l'amour... »

« Si, des vivants, nous n'avons guère uni les

rêves, du moins avons-nous mieux uni les morts ! »

« Et dans cette salle, ce soir, nous pouvons dire sans ridicule : « Vous qui êtes ici, vous « êtes la première génération d'héritiers de la « terre entière. »

« Comment un tel héritage est-il possible ? Prenons bien garde que chacune des civilisations disparues ne s'adresse qu'à une partie de l'homme. Celle du Moyen Age était d'abord une culture de l'âme; celle du XVIIIe, d'abord une culture de l'esprit. D'âge en âge, des civilisations successives, qui s'adressent à des éléments successifs de l'homme, se superposent; elles ne se rejoignent profondément que dans leurs héritiers. L'héritage est toujours une métamorphose. L'héritier véritable de Chartres, bien entendu, ce n'est pas l'art de Saint-Sulpice : c'est Rembrandt. — Michel-Ange, croyant refaire l'antique, faisait Michel-Ange... »

« Qu'auraient pu se dire ceux dont notre civilisation est née ? Elle unit un élément grec, un élément romain, un élément biblique, chacun le sait; mais César et le prophète Elie, qu'auraient-ils échangé ? Des injures. Pour que pût naître véritablement le dialogue du Christ et de Platon, il fallait que naquît Montaigne. »

« *C'est seulement chez l'héritier que se produit la métamorphose d'où naît la vie.* »

« *Cette métamorphose, qui la revendique
aujourd'hui ? Les Etats-Unis, l'Union Soviétique, l'Europe. Avant d'en venir à l'essentiel, je voudrais déblayer un peu. Et écarter
d'abord la galéjade par laquelle les cultures
sont dans un pugilat permanent, à la façon
des Etats. La preuve que c'est idiot, l'Amérique
latine suffit à l'apporter. Elle est, à l'heure actuelle, en train de concilier, sans le moindre
combat, ce qu'elle désire recevoir du monde
anglo-saxon et ce qu'elle désire recevoir du
monde latin. Il y a des conflits politiques irréductibles; mais il est absolument faux que les
conflits de cultures soient irréductibles par définition. Il arrive qu'ils le soient de la façon
la plus grave, il arrive qu'ils ne le soient nullement.* »

« *Epargnons-nous ce manichéisme absurde,
cette séparation des anges amis de l'orateur, et
des démons ennemis de l'orateur, qui est devenu de mode quand l'Amérique et la Russie
sont en cause. Ce que nous pensons de la politique russe à l'égard de notre pays est clair :
nous pensons que les mêmes forces qui l'ont
fait jouer pour la France à la Libération la
font jouer aujourd'hui implacablement contre;*

*et que nous entendons y mettre bon ordre.
Mais Staline ne signifie rien contre Dostoïevski,
pas plus que le génie de Moussorgsky ne garantit la politique de Staline. »*

« *Voyons d'abord la revendication de l'héritage culturel du monde par les États-Unis. Premier point : il n'y a pas de culture qui se
veuille spécifiquement américaine en Amérique.
C'est une invention des Européens. En Amérique, on considère qu'il existe un décor particulier de la vie. On considère que l'Amérique
est un pays sans racines, que c'est un pays cita-
din : un pays qui ignore cette vieille et profonde relation avec les arbres et les pierres où
s'unissent les plus vieux génies de la Chine et
les plus vieux génies de l'Occident. Un pays
qui a sur nous l'avantage de pouvoir et de vou-
loir accueillir d'un cœur égal tous les héri-
tages du monde, et dont tel musée principal
montre, dans la même salle, les statues ro-
manes qui regardent au loin notre Occident,
et les statues Tang qui regardent au loin la
civilisation chinoise. »*

« *Encore une grande culture n'est-elle pas,
même sur le mode épique, un atelier d'antiquaire supérieur. Et la culture américaine est
un domaine de connaissances infiniment plus*

qu'un domaine de culture organique, dès que l'Europe en est rejetée. »

« Par ailleurs, l'Amérique donne actuellement leur accent aux arts de masse : la radio, le cinéma et la presse. »

« Son art nous paraît surtout spécifiquement américain quand il est un art de masses. Et, mon Dieu, entre l'esprit de Life et l'esprit de Samedi-Soir, il n'y a pas tellement de différence; simplement il y a plus d'Américains que de Français... »

« Enfin, l'Amérique possède un romanesque particulier. Mais, de nouveau, est-il spécifiquement américain ? Il y a, incontestablement, une attitude américaine à l'égard du monde, qui est une réduction permanente de celui-ci à sa donnée romanesque. Mais vous rappellerai-je que, dans Les Trois Mousquetaires, Richelieu est moins un grand homme pour ce qu'il fit de la France, que pour avoir signalé au Roi l'absence des ferrets d'Anne d'Autriche ? L'Amérique, pour l'instant, signifie le romanesque plus que tout autre pays, mais elle le signifie probablement en tant que pays de masses. Et la culture est bien au-delà de tels problèmes. Que pensent les Américains cultivés ? Ils pensent que la culture américaine est une des cultures nationales de l'Occident, qu'il n'y a pas plus de différence entre la haute culture améri-

caine et la haute culture française, qu'entre celle-ci et la culture anglaise, ou ce que fut la haute culture allemande. Nous ne sommes pas, en Europe, des gens qui se ressemblent tellement ! et croyez bien qu'entre le behaviourisme et le bergsonisme l'écart n'est pas d'une autre nature qu'entre Bergson et Hegel. En définitive, jamais l'Amérique ne s'est conçue par rapport à nous, dans l'ordre culturel, comme une partie du monde : elle s'est toujours conçue comme une partie de NOTRE monde. *Il y a moins d'art américain que d'artistes américains. Nous avons les mêmes systèmes de valeurs; ils n'ont pas tout l'essentiel du passé de l'Europe, mais tout ce qu'ils ont d'essentiel est lié à l'Europe. Je le répète : la culture américaine, en tant que distincte de la nôtre comme l'est la culture chinoise, est une invention pure et simple des Européens. »*

« *Et il n'y a d'hypothèse de culture spécifiquement américaine, opposée à la nôtre, que dans la mesure précise de la démission de l'Europe.* »

« *Il est difficile de tenir sans malaise la Russie pour un pays d'Europe.* »

« *Saint-Pétersbourg donnait (et Léningrad donne encore) l'impression d'un « établissement » européen, d'un vaste comptoir impé-*

rial d'Occident — magasins, casernes et coupoles —, une New Delhi du Nord. »

« Mais tenir les Russes, comme l'ont fait de tout temps leurs adversaires, pour des Asiatiques, donc des sortes de Chinois ou d'Hindous, est dérisoire. La vérité est peut-être qu'il ne faut pas prendre trop au sérieux les cartes de géographie, et que la Russie n'est ni en Europe ni en Asie (elle est en Russie); comme le Japon, où l'amour et l'armée tiennent un si grand rôle, n'est ni en Chine ni en Amérique. »

« Les autres pays d'Europe font partie de notre culture par strates et par échanges. A certains siècles, l'Italie, l'Espagne, la France, l'Angleterre l'ont dominée. Tous ces pays ont en commun le mythe culturel de la Grèce et de Rome, et l'héritage de quinze siècles de chrétienté commune. Ce dernier héritage qui, à lui seul, sépare les Slaves de Bohême des Slaves de Russie, pèse sans doute singulièrement lourd; et l'héritage de Byzance pesa, lui aussi, assez lourd sur la Russie pour que la peinture russe n'ait jamais pu complètement s'en défaire, et pour que Staline évoque maintenant au moins autant Basile II que Pierre le Grand. »

« La Russie n'est entrée dans la culture occidentale qu'au XIXᵉ siècle, par sa musique et par ses romanciers. Encore Dostoïevski est-il

peut-être le seul d'entre ces derniers qui se
veuille spécifiquement russe. »

« Ilya Ehrenbourg a répondu indirectement
à une interview que j'avais donnée sur la civilisation atlantique, en demandant : « Qu'est-
« ce qui est européen : la bombe atomique ou
« Tolstoï »

« Si vous voulez bien, laissons la bombe atomique tranquille. Si les Russes ne la possé-
daient pas alors, ce n'était certainement pas
faute de l'avoir cherchée. Et nous présenter
Staline comme un type dans le genre de Gandhi n'est pas très sérieux ! »

« Reste Tolstoï. Duquel parlons-nous ? L'au-
teur d'Anna Karénine et de La Guerre et la
Paix ne fait pas seulement partie de l'Europe,
il est un des sommets du génie occidental. Selon une phrase fameuse : « Il est bon de ne
« pas cracher dans les fontaines où l'on s'est
« abreuvé. » Lorsqu'il écrivait ses romans, il
se voulait d'ailleurs Européen, se sentait nom-
mément en rivalité avec Balzac. Mais s'il s'agit
du comte Léon Nicolaïevitch qui, lui, tente de
vivre comme une sorte de Gandhi chrétien,
meurt dans la neige à la manière d'un héros
de byline; qui écrit « qu'il préfère à Shakes-
« peare une bonne paire de bottes », alors je
pense à l'un des grands inspirés de Byzance — et
s'il fallait à tout prix le comparer à un autre

génie, ce serait à Tagore, inséparable de l'Inde, et écrivant, avec **La Maison et le Monde**, l'un des grands romans universels; ce ne serait pas à Stendhal. »

« Ce qui le sépare le plus de nous, c'est sans doute aussi ce qui nous sépare de la Russie : son dogmatisme oriental. Staline croit à sa vérité, et sa vérité est sans marge; mais Tolstoï, dès qu'il se sépara de l'Occident, ne crut pas moins à la sienne; et le génie de Dostoïevski fut mis, pendant toute la vie de celui-ci, au service d'une prédication indomptable. La Russie n'a jamais eu ni Renaissance, ni Athènes; ni Bacon, ni Montaigne. »

« Il y a toujours, en Russie, ce qui se veut Sparte et ce qui se veut Byzance. Sparte s'intègre facilement à l'Occident; Byzance, non. Aujourd'hui, on pourrait voir dans l'industrialisation forcenée de cet immense pays agricole, tentée en trente ans, le plus furieux effort d'occidentalisation qu'il ait connu depuis Pierre le Grand. « Rattraper et dépasser l'Amérique ! » Mais l'esprit russe se défend d'autant plus que cet effort est plus grand. »

« Ce n'est pas par hasard que les communistes russes attaquent Picasso. Cette peinture met en question le système même sur lequel ils se fondent; elle est, qu'elle le veuille ou non, la présence la plus aiguë de l'Europe. »

« Dans l'ordre de l'esprit, tout ce que la Russie appelle formalisme, et qu'elle déporte ou tue inlassablement depuis dix ans, c'est l'Europe. Peintres, écrivains, cinéastes, philosophes, musiciens suspects sont d'abord suspects de subir l'influence de l' « Europe pourrie ». Européens, Eisenstein, Babel, Prokofieff ! L'esprit de l'Europe est un danger pour une industrie pharaonique. La condamnation de Picasso à Moscou n'est nullement un accident : elle veut être une défense des plans quinquennaux... »

« Selon que de tels artistes meurent à temps, ou un peu trop tard, ils sont ensevelis avec honneur dans le mur du Kremlin, ou sans honneur au pied du mur sibérien du camp de déportés. »

« La vraie raison pour laquelle la Russie n'est pas européenne n'a rien à voir avec la géographie : c'est la volonté russe. »

« Je ne fais pas ici un cours d'histoire de la culture : je ne parlerai de l'Europe que par rapport à l'Union Soviétique et aux Etats-Unis. Elle a présentement deux caractéristiques :

« La première, c'est son lien entre art et culture. Ces deux domaines sont séparés en Russie par le dogmatisme de la pensée. Ils sont non moins irréductiblement séparés aux Etats-Unis, parce qu'aux Etats-Unis l'homme de la culture n'est pas l'artiste, c'est l'homme de l'uni-

versité; un écrivain américain — Hemingway, Faulkner — n'est pas du tout l'équivalent de Gide ou de Valéry : c'est l'équivalent de Rouault ou de Braque; ce sont d'éclatants spécialistes, à l'intérieur d'une culture déterminée, de connaissances déterminées : ce ne sont ni des hommes de l'Histoire ni des « idéologues. »

« Second point, autrement important : la volonté de transcendance. Attention ! l'Europe est la partie du monde où se sont succédé Chartres, Michel-Ange, Shakespeare, Rembrandt... Ceux-là, est-ce que nous les renions, oui ou non ? Non ! Alors il faudrait savoir de quoi nous parlons. »

« Nous avons l'air de croire que nous sommes des malheureux, en face d'une immense culture qui s'appelle les romanciers américains, et une autre immense culture qui s'appelle je ne sais pas trop quoi — au mieux, les musiciens russes (ce qui n'est d'ailleurs pas mal). »

« Mais enfin, tout de même, la moitié du monde regarde encore l'Europe, et elle seule répond à son interrogation profonde. Qui donc a pris la place de Michel-Ange ? Cette lueur qu'on cherche en elle, c'est la dernière lueur de la lumière de Rembrandt; et le grand geste frileux dont elle croit accompagner son agonie, c'est encore le geste héroïque de Michel-Ange... »

« On vient nous dire : « Ce sont des valeurs

« *bourgeoises.* » *Mais qu'est-ce que cette histoire de la définition de l'art par son conditionnement ?* »

« *Qu'on me comprenne bien. Je tiens pour
juste qu'un philosophe russe — d'ailleurs en
Sibérie depuis — ait dit que « la pensée de
« Platon est inséparable de l'esclavage ». Il est
vrai qu'il y a une donnée historique de la pensée, un conditionnement de la pensée. Mais
le problème ne se termine pas ici : il commence.
Car, enfin, vous, vous avez lu Platon ! Ce n'est
tout de même pas en tant qu'esclaves, ni que
propriétaires d'esclaves !* »

« *Personne dans cette salle — pas plus moi
que les autres — ne sait quels sentiments ani-
maient un sculpteur égyptien lorsqu'il sculptait
une statue de l'Ancien Empire; mais il n'en est
pas moins vrai que nous regardons cette statue
avec une admiration que nous ne sommes pas
allés chercher dans l'exaltation des valeurs bourgeoises; et le problème qui se pose, c'est précisément de savoir ce qui assure la transcendance partielle des cultures mortes.* »

« *Je ne parle pas ici d'éternité; je parle de
métamorphose. L'Égypte a reparu pour nous;
elle avait disparu pendant plus de quinze cents
ans. La métamorphose est imprévisible ? Eh
bien ! nous sommes en face d'une donnée fon-
damentale de la civilisation, qui est l'impré-*

visibilité des renaissances, mais j'aime mieux un monde imprévisible qu'un monde imposteur. »

« Le drame actuel de l'Europe, c'est la mort de l'homme. A partir de la bombe atomique, et même bien avant, on a compris que ce que le XIXᵉ siècle avait appelé « progrès » exigeait une lourde rançon. On a compris que le monde était redevenu dualiste, et que l'immense espoir sans passif que l'homme avait mis en l'avenir n'était plus valable. »

« Mais ce n'est pas parce que l'optimisme du XIXᵉ siècle n'existe plus qu'il n'y a plus de pensée humaine ! Depuis quand la volonté s'est-elle fondée sur l'optimisme immédiat ? S'il en était ainsi, il n'y aurait jamais eu de Résistance avant 1944. Selon une vieille et illustre phrase : « Il n'est pas nécessaire d'espérer pour « entreprendre... » — vous connaissez la suite. »

« L'homme doit être fondé à nouveau, oui : mais pas sur des images d'Epinal. L'Europe défend encore les valeurs intellectuelles les plus hautes du monde. Et pour le savoir il suffit de la supposer morte. Si, sur le lieu qui fut Florence, sur le lieu que fut Paris, on en était au jour où « s'inclineront les joncs mur- « murants et penchés », croyez-vous véritablement qu'il faudrait un temps très long pour que ce qu'ont été ces lieux illustres se retrouve

*dans la mémoire des hommes comme des fi-
gures sacrées ? »*

*« Il n'y a que nous pour ne plus croire à
l'Europe : le monde regarde encore avec une
vénération craintive et lointaine ces vieilles
mains qui tâtonnent dans l'ombre... »*

*« Si l'Europe ne se pense plus en mots de
liberté, mais en termes de destin, ce n'est pas
la première fois. Ça n'allait pas très bien, au
temps de la bataille de Mohacz. Ça n'allait
pas très bien lorsque Michel-Ange gravait, sur
le piédestal de* La Nuit *: Si c'est pour voir
« la tyrannie, ne te réveille pas ! »*

*« Il n'est donc pas question de soumission
de l'Europe. Qu'on nous fiche la paix avec ces
histoires ! Il y a, d'une part, une hypothèse :
l'Europe devient un élément capital de la civilisation atlantique. Et il y a une question : que
devient l'Europe dans la structure soviétique ?
La civilisation atlantique appelle et, au fond
(en tant que culture), respecte encore l'Europe;
la structure soviétique dédaigne son passé, hait
son présent et n'accepte d'elle qu'un avenir où
ne reste exactement rien de ce qu'elle fut. »*

*« Les valeurs de l'Europe sont menacées du
dedans par des techniques nées des moyens
d'appel aux passions collectives; journal, cinéma, radio, publicité — en un mot les « moyens
de propagande ». C'est ce qu'on appelle, en*

style noble, les techniques psychologiques. »

« *Elles se sont élaborées surtout dans les pays dont nous venons de parler. En Amérique, elles sont principalement au service d'un système économique et tendent à contraindre l'individu à l'achat. En Russie, elles sont au service d'un système politique et tendent à contraindre le citoyen à une adhésion sans réserve à l'idéologie des dirigeants; pour cela, elles engagent l'homme tout entier.* »

« *Ne confondons pas l'action de ces techniques dans leur pays d'origine et l'incidence de leur action sur l'Europe, en particulier sur la France. L'incidence des psychotechniques américaines sur notre culture est secondaire, celle des psychotechniques russes se veut décisive.* »

« *Ne discutons surtout pas ici d'une culture future, à laquelle se réfère toujours la psychotechnique russe. Parlons de ce qui est : l'ensemble de la technique soviétique en France aboutit pratiquement aujourd'hui à une organisation systématique de mensonges choisis pour leur efficacité.* »

« *Le général de Gaulle est « contre la République »* (parce qu'il l'a rétablie?) « *contre les Juifs «* (parce qu'il a abrogé les lois raciales?) « *contre la France »* : il est instructif qu'on puisse écrire sans faire rire, à peu près une fois *par semaine, qu'est contre la France celui qui, au-dessus du terrible sommeil de ce pays, en maintint l'honneur comme un invincible songe... »*

« *L'intéressant, c'est que, bien entendu, les staliniens savent aussi bien que nous que tout cela est parfaitement faux. C'est la même technique qu'en publicité : on enveloppera dans le même papier le savon Cadum et les « lendemains qui chantent ». Il s'agit toujours d'obtenir le réflexe conditionné, c'est-à-dire de faire qu'un certain vocabulaire, systématiquement accroché à certains noms, lie à ces noms les sentiments que ce vocabulaire appelle lui-même d'habitude. Prêter ses tares à son adversaire pour que le lecteur ne comprenne plus rien est également un procédé banal. Exemple : le « parti américain ».*

« *J'insiste sur ceci : je ne suis pas en train de discuter le bien ou le mal-fondé des articles de* L'Humanité, *mais de préciser des techniques qui sont à la base de l'action psychologique la plus profonde que le monde ait connue depuis plusieurs siècles. Dans l'ordre intellectuel, d'abord déshonorer l'adversaire, rendre impossible la discussion. Jean Paulhan a essayé pendant un an de convaincre les staliniens qu'il avait dit ce qu'il avait dit : tout à fait en vain. »*

« *Attaquer surtout sur le plan moral : ce*

qu'il faut pour ce mode de pensée, ce n'est pas que l'adversaire soit un adversaire, c'est qu'il soit ce qu'on appelait au XVIIIe siècle : un scélérat. »

« Le son unique de cette propagande est l'indignation. (C'est d'ailleurs ce-qu'elle a de plus fatigant.) Et ce système qui repose sur le postulat fondamental que la fin justifie les moyens — et donc qu'il n'y a de morale que des fins — est le système de propagande le plus opiniâtrement et le plus quotidiennement moral que nous ayons jamais vu. »

« Cette technique vise à obtenir, dans le domaine de l'esprit, soit des alliés, soit (en Russie) des staliniens. »

« Pour les alliés :

« Nous avons d'abord une ancienne mystification : c'est la mystification chrétienne et éthique. Certains des éléments les plus profonds du stalinisme sont restés, en France, inséparables du grand appel chrétien. Mais nous savons maintenant ce que valent ces plaisanteries. »

« La seconde est la mystification nationale. Celle-là recoupe toute la politique stalinienne engagée depuis le Kominform. Il s'agit, dans tous les pays d'Occident, d'empêcher le relèvement économique qui risque d'entraîner ces

pays vers les Etats-Unis et l'Angleterre. Pour cela, il faut inventer « la défense nationale des pays menacés par les Américains ».

« Les staliniens veulent ajouter à leur recrutement ouvrier un vaste recrutement bourgeois : donc, établir une idéologie nationale dont le parti communiste devienne ce qu'il appelle l'aile marchante, de telle façon qu'on ne soit plus ni sur la donnée russe ni sur la donnée classe contre classe, mais sur une donnée dont les staliniens ont fait l'expérience dans la Résistance, et qui est l'union de toutes les forces sincèrement nationales sous un faux nez communiste, au bénéfice de Moscou. »

« Ensuite, la mystification de la perspective historique. Je répète qu'il est temps de substituer la question : « Qu'est-ce qui est ? » à la volonté d'expliquer toujours la signification cachée, historique de préférence, de ce qui est. On fait la théorie du réalisme socialiste en peinture — et naturellement elle est aussi défendable qu'autre chose; mais quels tableaux fait-on ? On ne fait pas du tout des tableaux réalistes socialistes, on fait des icônes de Staline dans le style de Déroulède. »

« Condamner Bernanos dans l'absolu au nom d'un prolétariat mythique, ça pourrait se défendre s'il ne fallait pas aussi admirer les romans édifiants de M. Garaudy. Ah ! que d'es-

poirs trahis, que d'insultes et de morts, pour n'avoir fini que par changer de Bibliothèque rose !

« *Et puis, il y a la célèbre mystification par la continuité révolutionnaire. Comme chacun sait, les maréchaux dorés sur tranche sont. les héritiers légitimes des compagnons de Lénine aux vestes de cuir. Là-dessus, il faudrait tout de même s'expliquer : il est arrivé à André Gide et à moi-même d'être sollicités de porter à Hitler les pétitions de protestation contre la condamnation de Dimitrov, innocent de l'incendie du Reichstag. C'était un grand honneur pour nous (il n'y avait d'ailleurs pas foule). Lorsque, maintenant, Dimitrov au pouvoir fait pendre Petkov innocent, qui est-ce qui a changé ? Gide et moi, ou Dimitrov ?* »

« *Le marxisme recomposait d'abord le monde selon la liberté. La liberté sentimentale de l'individu a joué un rôle immense dans la Russie de Lénine. Celui-ci avait fait peindre par Chagall les fresques du théâtre juif de Moscou. Aujourd'hui, le stalinisme honnit Chagall; qui a changé ?*

« *Un de mes livres,* La Condition humaine, *avait intéressé, en son temps, pas mal de Russes. On devait en tirer un film d'Eisenstein, avec de la musique de Chostakovitch; on devait en tirer une pièce de Meyerhold, avec de la musique de Prokofieff... Est-ce un palmarès suffisant, pour une seule œuvre, de mort et d'abjuration ? On m'expliquera que j'ignore la dialectique : les forçats aussi — et les cadavres plus encore. »*

« Il y a eu d'innombrables ruptures : Victor Serge, Gide, Hemingway, Dos Passos, Mauriac et tant d'autres. Il est faux qu'elles aient à voir quoi que ce soit avec le problème social. Car il n'était pas entendu que les « lendemains qui chantent » seraient ce long ululement qui monte de la Caspienne à la mer Blanche, et que leur chant serait le chant des bagnards. »

« Nous sommes à cette tribune et nous n'y renions pas l'Espagne. Qu'y monte un jour un stalinien pour défendre Trotsky ! »

« En Russie, le problème est différent. Le pays est fermé; par là même, en rupture avec l'essentiel de la culture moderne. C'est le pays où, maintenant, tout doit s'être passé. Je cite le manuel d'histoire pour la jeunesse :

« C'est un instituteur russe, Ciolkowski, qui élabora la théorie de la propulsion à réaction. C'est un électrotechnicien russe, Popov, qui, le premier, inventa la radio (Simlia Russkaïa, p. 55). »

« Dans les pays capitalistes, l'instruction est chose privée et coûte fort cher. Pour de très nombreux jeunes gens et jeunes filles, elle est un désir, un rêve irréalisables (*Ibidem*, p. 277) »...

« *Passons...* »

« *Il reste, dans l'ordre positif, une pensée qui veut exalter la solidarité, le travail et un certain messianisme noble, avec ce qu'il y a toujours de dédain chez les délivreurs. Et puis, des psychotechniques destinées à créer l'image du monde et les sentiments les plus favorables à l'action du parti. « Les écrivains sont les ingénieurs des « âmes ». Et comment ! »*

« *Mais pour cela ils revendiquent la vérité. N'oublions pas que le plus grand journal russe s'appelle* Pravda *: la vérité. Il y a pourtant ceux qui savent; et ici, se pose un problème assez intéressant : à partir de quel grade a-t-on maintenant en Russie le droit d'être menteur ? Car Staline sait aussi bien que moi que l'instruction existe en France. Il y a ceux qui sont dans le jeu et ceux qui ne sont pas dans le jeu. Et je crois que cela vaut qu'on y réfléchisse, ainsi qu'au mépris impliqué par les techniques psychologiques. Qu'il s'agisse de faire acheter le savon ou d'obtenir le bulletin de vote, il n'y a pas une technique psychologique qui ne soit à base de mépris de l'acheteur ou du votant : sinon, elle serait inutile. Ici l'homme même est en cause; le système est un tout. La technique peut exister sans totalitarisme; mais elle*

suit aussi inéluctablement celui-ci que la Gué-
péou, car sans police elle est un monstre vulné-
rable. Il fut difficile quelques années de nier
que Trotsky ait fait l'armée rouge : pour que
L'Humanité soit pleinement efficace, il faut que
le lecteur ne puisse pas lire un journal opposé. »

« Il n'y a pas de marges : et c'est pourquoi
le désaccord, même partiel, d'un artiste avec le
système, le conduit à une abjuration. »

« Alors se pose notre problème essentiel :
comment empêcher les techniques psychologiques de détruire la qualité de l'esprit ? Il n'y
a plus d'art totalitaire dans le monde, à supposer qu'il y en ait jamais eu. La Chrétienté n'a
plus de cathédrales, elle fait Sainte-Clotilde,
et la Russie retrouve, avec les portraits de Staline, l'art le plus bourgeoisement convention-
nel. J'ai dit : « S'il y en a jamais eu » parce
que ce n'est pas à l'art comme tel, que les
masses ont jamais été sensibles. (Aristocratie
et bourgeoisie sont masses sur ce point...) J'appelle artistes ceux qui sont sensibles à la donnée spécifique d'un art; les autres sont sensibles à sa donnée sentimentale. Il n'y a pas
« l'homme qui ignore la musique », il y a ceux
qui aiment Mozart et ceux qui aiment les
marches militaires. Il n'y a pas « l'homme qui
ignore la peinture », il y a ceux qui aiment
la peinture et ceux qui aiment Le Rêve de

Detaille ou les chats dans les paniers. Il n'y a pas « l'homme qui ignore la poésie », il y a ceux qui s'intéressent à Shakespeare et ceux qui s'intéressent aux romances. La différence entre les uns et les autres, c'est que, pour les seconds, l'art est un moyen d'expression sentimentale. »

« Il arrive, à certaines époques, que cette expression sentimentale recoupe un très grand art. C'est ce qui s'est passé avec l'art gothique. L'union des sentiments les plus profonds — de l'amour, de la vulnérabilité de la condition humaine — et d'une force proprement plastique produit alors un art de génie qui atteint chacun. (Il y a quelque chose de semblable chez les grands individualistes romantiques : Beethoven, un peu Wagner, Michel-Ange certainement, Rembrandt et même Victor Hugo.) »

« Que telle œuvre sentimentale soit artistique ou non, c'est un fait : ce n'est ni une théorie ni un principe. Le problème pressant qui se pose à nous serait donc, en termes politiques, de substituer à l'appel mensonger d'une culture totalitaire quelconque la création réelle d'une culture démocratique. Il ne s'agit pas de contraindre à l'art les masses qui lui sont indifférentes, il s'agit d'ouvrir le domaine de la culture à tous ceux qui veulent l'atteindre. Autrement dit, le droit à la culture, c'est pure-

ment et simplement la volonté d'y accéder[1]. »

....

« *Donc, nous ne prétendons pas absurde-
ment fixer ici un modèle de culture, mais apporter à celle-ci le moyen de maintenir dans sa
prochaine métamorphose ce qu'elle atteignit
chez nous de plus haut.* »

« *Nous considérons que la valeur fondamen-
tale de l'artiste européen, à nos plus grandes
époques, depuis les sculpteurs de Chartres jusqu'aux grands individualistes, de Rembrandt
à Victor Hugo, est dans la volonté de tenir
l'art et la culture pour l'objet d'une conquête.
Pour préciser, je dirai que le génie est une
différence conquise; que le génie commence —
que ce soit celui de Renoir ou celui d'un sculpteur thébain — à ceci : un homme qui regardait depuis son enfance quelques œuvres admi-
rables qui suffisaient à le distraire du monde
s'est senti un jour en rupture avec ces formes,
soit parce qu'elles n'étaient pas assez sereines,
soit parce qu'elles l'étaient trop; et c'est sa
volonté de contraindre à une vérité mystérieuse
et incommunicable (autrement que par son
œuvre), le monde et les œuvres mêmes dont*

---

1. Ici se trouvait l'exposé de l'action culturelle que nous pro-
posons.

il est né, c'est cette volonté qui a déterminé son génie. En d'autres termes, il n'y a pas de génie copieur, il n'y a pas de génie servile. Qu'on nous laisse tranquille avec les grands artisans du Moyen Age ! Même dans une civilisation où tous les artistes seraient esclaves, l'imitateur de formes serait encore irréductible à l'esclave qui aurait trouvé des formes inconnues. Il y a dans la découverte, en art comme dans les autres domaines, une sorte de signature du génie, et cette signature n'a pas changé à travers les cinq millénaires d'histoire que nous connaissons. »

« Si l'humanité porte en elle une donnée éternelle, c'est bien cette hésitation tragique de l'homme qu'on appellera ensuite, pour des siècles, un artiste — en face de l'œuvre qu'il ressent plus profondément qu'aucun, qu'il admire comme personne, mais que seul au monde il veut en même temps souterrainement détruire. »

« Or, si le génie est une découverte, comprenons bien que c'est sur cette découverte que se fonde la résurrection du passé. J'ai parlé au début de ce discours de ce que pouvait être une renaissance, de ce que pouvait être l'héritage d'une culture. Une culture renaît quand les hommes de génie, cherchant leur propre vérité, tirent du fond des siècles tout ce qui res-

sembla jadis à cette vérité, même s'ils ne la connaissent pas. »

« La Renaissance a fait l'Antiquité au moins autant que l'Antiquité a fait la Renaissance. Les fétiches nègres n'ont pas plus fait les Fauves que les Fauves n'ont fait les fétiches nègres. Et après tout, l'héritier véritable de l'art en cinquante ans resurgi, ce n'est ni l'Amérique qui en juxtapose les chefs-d'œuvre, ni la Russie dont le vaste appel de naguère se satisfait à bon compte de ses nouvelles icônes : c'est cette école « formaliste » de Paris, dont les résurrections de tant de siècles semblent une immense famille. C'est notre adversaire Picasso qui pourrait répondre à la Pravda : « Je suis « peut-être, comme vous dites, décadent et « pourri; mais si vous saviez regarder ma pein- « ture au lieu d'admirer tant d'icônes à mous- « taches, vous vous apercevriez que votre pseu- « do-histoire est une petite chose devant la « houle des générations, et qu'il arrive à cette « peinture éphémère de ressusciter, avec les « statues sumériennes, le langage oublié de « quatre millénaires... »

« Or cette conquête n'a d'efficacité que par une recherche libre. Tout ce qui s'oppose à la volonté irréductible de découverte est, sinon du domaine de la mort, car il n'y a pas de mort en art — et, mon Dieu, il y a bien un art

égyptien —, mais la paralysie des facultés les plus fécondes de l'artiste. Nous proclamons donc la nécessité de maintenir la liberté de cette recherche contre tout ce qui entend en fixer à l'avance la direction. Et d'abord contre les méthodes d'action psychologiques fondées sur l'appel à l'inconscient collectif, pour des fins politiques. »

« Nous proclamons d'abord valeurs, non pas l'inconscient, mais la conscience; non pas l'abandon, mais la volonté; non pas le bourrage de crânes, mais la vérité. (Je sais, quelqu'un d'illustre a dit autrefois : « Qu'est-ce que la vérité ?... » Dans le domaine dont nous parlons, la vérité, c'est ce qui est vérifiable.) Et enfin, la liberté de découverte. Tout cela, non pas : « vers quoi ? », car nous n'en savons rien, mais : « en partant d'où ? », comme dans les sciences contemporaines. Que nous le voulions ou non, « l'Européen s'éclairera au flambeau qu'il porte, « même si sa main brûle. »

« Ces valeurs, nous voulons donc les fonder sur le présent. Toute pensée réactionnaire est axée sur le passé, on le sait depuis longtemps; toute pensée stalinienne sur un hégélianisme orienté par un avenir incontrôlable. Ce dont nous avons d'abord besoin, c'est de trouver le présent. »

« Ce que nous défendons ici sera défendu

avant la fin de ce siècle par toutes les grandes nations d'Occident. Nous voulons rendre à la France le rôle qu'elle a tenu déjà à plusieurs reprises, aux époques romane et gothique comme au XIXᵉ siècle, et qui a imposé son accent à l'Europe quand il était à la fois celui de l'audace et celui de la liberté. »

« A peu près tous, vous êtes, dans le domaine de l'esprit, des libéraux. Pour nous, la garantie de la liberté politique et de la liberté de l'esprit n'est pas dans le libéralisme politique, condamné à mort dès qu'il a les Staliniens en face de lui : la garantie de la liberté, c'est la force de l'Etat au service de TOUS les citoyens.

« Quand la France a-t-elle été grande ? Quand elle n'était pas retranchée sur la France. Elle est universaliste. Pour le monde, la grande France, c'est plus celle des cathédrales ou de la Révolution, que celle de Louis XIV. Il y a des pays, comme la Grande-Bretagne — et c'est peut-être leur honneur — d'autant plus grands qu'ils sont plus seuls. La France n'a jamais été plus grande que lorsqu'elle parlait pour tous les hommes, et c'est pourquoi son silence s'entend de façon aussi poignante... »

« Que sera l'esprit ? Eh bien, il sera ce que vous le ferez. »

TABLE

ŒUVRES D'ANDRÉ MALRAUX

La Tentation de l'Occident.
La Voie royale.
Royaume farfelu.
La Condition humaine.
Le Temps du mépris.
L'Espoir.
Esquisse d'une psychologie du cinéma.
Scènes choisies.
Les Noyers de l'Altenburg.
Antimémoires I.
Le Triangle noir.
Les Chênes qu'on abat...
Oraisons funèbres.

LA GALERIE DE LA PLÉIADE
collection dirigée par André Malraux

Saturne, essai sur Goya.
Tout l'œuvre peint de Léonard de Vinci.
Les Voix du silence.
La Métamorphose des dieux.
Tout l'œuvre de Vermeer de Delft.
Le Musée imaginaire de la sculpture mondiale :
T. I : *La Statuaire.*
T. II : *Des bas-reliefs aux grottes sacrées.*
T. III : *Le Monde chrétien.*

BIBLIOTHÈQUE DE LA PLÉIADE

Romans : Les Conquérants — La Condition humaine — L'Espoir.

ÉDITION ILLUSTRÉE

Romans : La Tentation de l'Occident — Les Conquérants — La Voie royale — La Condition humaine — Le Temps du mépris — L'Espoir — Les Noyers de l'Altenburg.

LA GERBE ILLUSTRÉE

T. I (344 p., 18 ill.) : *Lunes en papier,* ill. par Masson.
Les Conquérants. Royaume farfelu, ill. par Masson.
La Tentation de l'Occident, ill. par Alexeieff.
T. II (472 p., 25 ill.) : *La Voie royale. La Condition humaine,* ill. par Alexeieff.
T. III (512 p., 32 ill.) : *L'Espoir,* ill. par Masson.
T. IV (572 p., 32 ill.) : *Antimémoires,* ill. par Chagall.

IMPRIMÉ EN FRANCE PAR BRODARD ET TAUPIN
7, bd Romain-Rolland - Montrouge - Usine de La Flèche.
LIBRAIRIE GÉNÉRALE FRANÇAISE - 14, rue de l'Ancienne-Comédie - Paris.
ISBN : 2 - 253 - 01027 - 8 ·

P 46
P 48/9.
P 81 2 Soudaites → GARINE Pierre
P 107 Tcheng-Daï + 110 + 111 (Sa
Vie est 1 protestation morale)
P 126/ = Hong-Kong + 137/8 + 201 + 219
7 224 + 231 2368
P 134 commerce de G.B avec chine
P 158 Tchang-Kai-Check

20 ans + tard — 585

296